決済じゃー
くりっく
最近はまたバクチにはまってます。それも
外国為替FX
↑損失確定決済
ワンクリックで何百万でも損失しほうだい
いやねネットって
バクチで世界の金をばらまきつつ
太腕繁盛記FX
ネットで連載中です。私の血まみれを見てね♡
いやあ また

あそこで食べたごはんどんなだったっけなあって。
どし

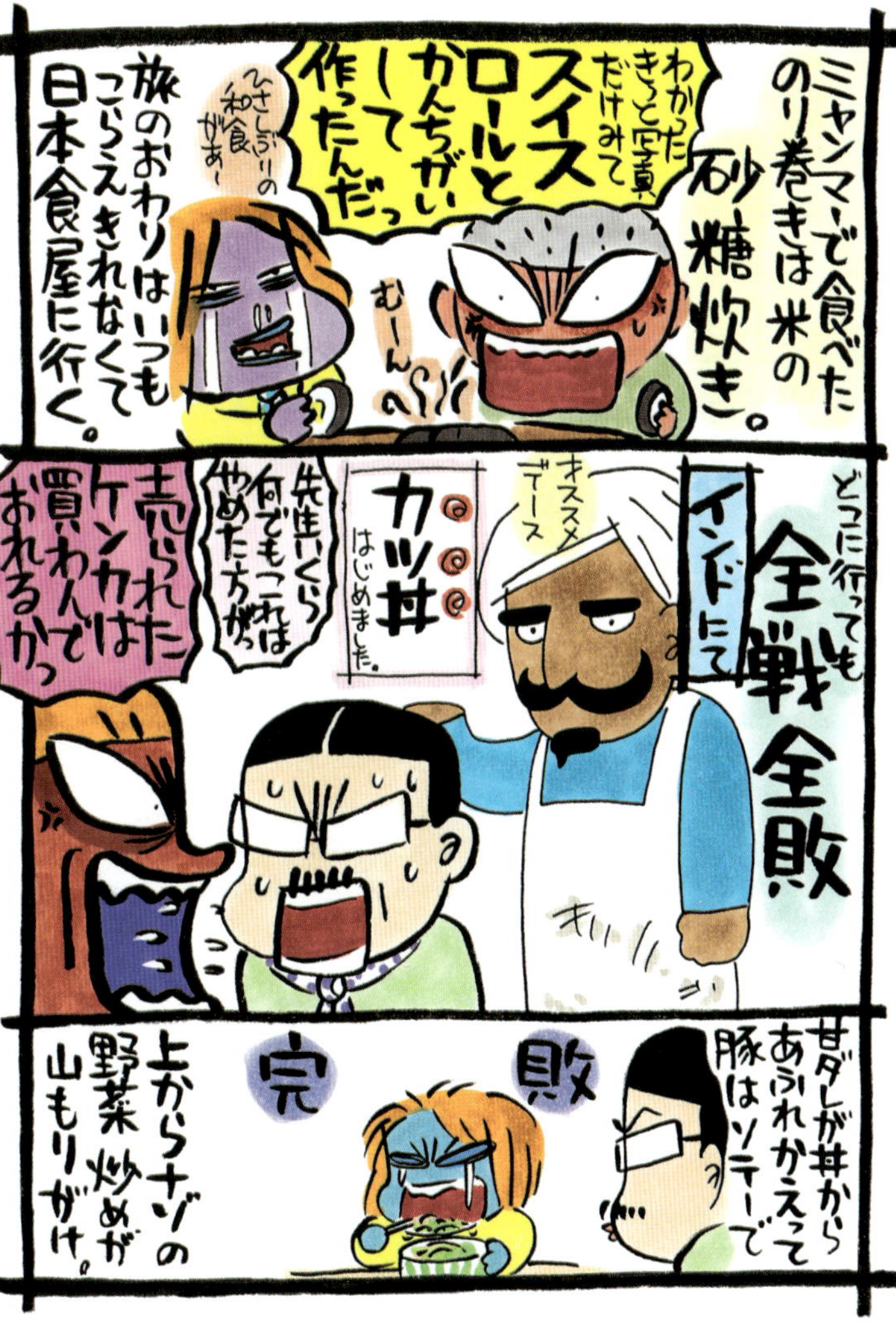
ミャンマーで食べたのり巻きは米の砂糖炊き。
わかったきっと写真だけみてスイスロールとかんちがいして作ったんだっ
むーん
ひさしぶりの和食があ～
旅のおわりはいつもこらえきれなくて日本食屋に行く。
どこに行っても全戦全敗
インドにて
オススメデース
カツ丼はじめました。
先生いくら何でもこれはやめた方がっ
売られたケンカは買わんでおれるかっ
甘ダレが丼からあふれかえって豚はソテーで
上からナゾの野菜炒めが山もりがけ。
完敗

ブラジルはアマゾンのマナウスでお好み焼と
ザルソバ
お好み焼はかきあげで
あながち間違いでわない！
ザルソバのツユが三杯酢
ところてんと間違えたなっ
ユジノサハリンスク（旧、豊原）
ビオオオオオォ
「この街一軒の中華料理屋

ここのチャーハンは油の中に沈んでいて
どうやって食うんだっ
中からすくうんだよ
油をスプーンでこしてよう
鬼
負け
ちなみにホテルでは朝食のベーコンが
マツーに脂身だけ
赤身はサクシュされてるのかしら
食ってると朝から顔油噴出
カチ
コチ
これにゴーリキーの小説なんかで出てくる有名な黒パンをのっけて
最まずしかも太る
ビオオオオオオ
ロシア万歳
10年前この旅で3キロ太りました。
今だにやせません。

カンボジア、アンコールワット前のグランドホテル内戦時、
カメラマン鴨ちゃんはここでミートソースを注文したら
うしろでブタが殺される声がして
プギー
出てきたミートソースは1時間後
すごくまずかったって。
タイとビルマの国境の市場で水牛の胎児が売られてて
スープに入れるとおいしいよ。
水牛の胎児って顔が妖怪の「くだん」そっくりの中年のおっさん顔だった。
こっから来たのかくだん
こんなところで水木ワールド
となりの店がフツーに食べる
活虫屋
タガメが一匹ずつ亀甲縛りされててホホえましい。
いや〜ん

インドはマドラス。ガンジー像の前に立ち
男子たるものまずインド。
息子にはぜひ一人旅で一番にここに来て欲しいものだと
ここの漁村の最下層の人の家（のようなもの）で、ごちそうになった
屋根が落ちてるのでしゃがんで
サバカレーは
はるか生まれ故郷の私の母 淑子が作ってくれた
うちの先祖って不可触民だったのかしら
おきアミカレーとそっくりの味

カンボジアのスモーキーマウンテン
熱風と有害ガスを吸いながらゴミを拾う何百人の子供。
そのてっぺんで定食屋やってるじいさんとばあさん。
あのしょう油ぶっかけ飯の味は生涯忘れません。
おいしい料理はきれいな風景みたいで
すぐ忘れる。
世界中のまずい飯を
す
国内はやめましょうよ
いやケンカ売ってるあのメニューがずっと私に
トムヤンクン味
トンカツ
ずっと食べてたい!
トムヤンカツ
マーライオン
完敗

なんでもありか

静と理恵子の血みどろ絵日誌

伊集院 静／西原理恵子

角川文庫 16922

なんでもありか。

伊集院　静

或《あ》る朝、目覚めると、寝室の窓を叩《たた》く者がいて、開けると、一人の若者が部屋に入ってきた。

「いやはや、探したぜ、伊集院」

相手はそう言って、肩や背中、頭髪についた埃《ほこり》のようなものを手で払った。白いものが部屋の中に舞い上がった。

私は雪でも降っているのか、と外をのぞいたが、雲ひとつない晴天である。

どこから来たんだ？

相手は窓際の椅子に腰を下ろし、肩で息をしながら、

「こんなところで寝てやがったとはナ……」

と呆《あき》れたように言った。

はて、どこで逢《あ》った若者かと相手の顔を見たが記憶にない。

「失礼だが、君は誰だっけな……」

名前を訊《き》こうとすると相手は私の言葉を制すように手を上げて言った。

「その前に水を一杯くれないか」

私はキッチンに行き水を汲《く》んできた。

相手はグラスの水を一気に飲んで、フウーッと息を零《こぼ》した。

「ずいぶんとおまえさんを探したよ。どこに行っても、最近は顔を見ないと言いやがる。あちこち回った挙句、もしかしてと仙台までやってきたら寝てやがった」

相手の恨みがましい言い方に、こちらも妙な気分になり、悪いことをしたような気になった。

「伊集院」

「はい」

「おまえさん、こんなところで何をやってんだ。休日の、しかもこんな天気のいい日に家で寝てるとは……」

相手はまた呆れたように頭《かぶり》を振った。

「君は誰だね？」

すると相手は私の顔をじっと見返した。

「俺を見忘れたか。俺はおまえじゃないか」

「君は、私か？……そうか……」

「何を寝とぼけたことを言ってやがる」

相手が舌打ちした。

——おまえは、俺か……。


私は、俺と連れ立って競馬場にいた。

折から春のクラシック戦線のＧⅠレースがあるのでスタンドは満杯である。

——ずいぶんとギャンブル好きがいるもんだナ。最近は若い女もこんなにいるのか。

「何をボォーッとしてるんだ。打つぞ。パドックには行くのか」

「ああ行く、行く」

ひさしぶりに見るサラブレッドの顔だ。

三頭ほど気になる馬を見つけて売場に行った。

単勝を三頭分買うか。いや、3連単でボックスにしよう。いや、ボックスは弱気だな。頭を決めよう。マークシートの面倒臭いこと。昔は穴場で買い目を言えば済んだんだがナ。

とにかく馬券を握って柵《さく》前に立った。風の中に芝の匂いがする。ざわつく気配がする。

——いい感じだナ。

「どうだい気分は？」

「うん、悪くないな」

ファンファーレが鳴ってスタンドがどよめいた。スタートした。実況アナウンスが流れる。馬名なんぞ覚えちゃいない。手元を見ると私の手が馬券を握りしめている。

――さあ来い。

目の前をサラブレッドが草を蹴《け》って通り過ぎる。おう迫力あるな。ゴール前でスタンドから悲鳴が聞こえる。

――こりゃ荒れたナ。

「オイ、次、行くぞ」

「えっ、まだ結果が出てないじゃないか」

「そんなものは明日の新聞を見れば済む。さあ行くぞ」

行くぞって、どこに？

夕暮れの川沿いに空が照明で明るくなっている場所があった。

鐘の音色が聞こえてきて、歓声がした。

「おう、あの音は、歓声は競輪じゃないか」

「あの騒ぎで他に何があるって言うんだ。耄碌《もうろく》しちまったんじゃないか」

――そこまで言わなくても……。

競輪場に入ると猛者《もさ》のファンがレースが終わったばかりのバンクにむかって大声を上げている。

「コラッ、このボケナスが、転ぶためにのこのこやってきたのか。そのままそこで寝てろ」

見るとバンクに倒れた選手が担架で運ばれようとしていた。

「そいつをそのまま多摩川《たま》に放ってまえ」

――そこまで言わなくても……。

血だらけで顔をこちらにむけた選手を見ると、オヤッ、見覚えがあった。こいつまだ現役で走っていたのか、と懐かしくなった。

「おい、俺だ。伊集院だよ。大丈夫か」

「やかましい」

相手は私を睨《にら》みつけてバンクに血を吐き捨てた。

――そこまで怒らなくても……。

敢闘門から次のレースに出場する選手が入ってきてラインを作って客に見せている。一人だけラインにまじらず単騎で周回している。顔を見ると傷だらけである。

オウッ、こいつは賭《か》けてみる価値がありそうだ。出走表を見ると佐賀の選手だ。鬼脚と同じじゃないか。背恰好《せかっこう》も、走行フォームもどこか鬼脚と似ている。

「こいつで勝負だ」

私が大声を出すと、かたわらで俺が言った。

「そうこなくちゃ、伊集院、ようやく目が覚めたか」

「覚めたぞ。さあ突進だ」

あるだけの金で、その傷だらけの選手からの車券に打った。

8

レースがはじまった。傷顔は前受けだ。レース中盤からコロコロとラインが前に出たり下がったりする。

——まだこんなトロイ競走してやがるのか。

打鐘で傷顔が先頭に出た。

「うしろから来たぞ」

私が怒鳴ると、迫ってきた先行選手をいきなり傷顔が吹っ飛ばした。ライン三人皆金網まで飛んだ。

——ありゃ、これは失格だ。

すぐに次のラインが内から追い上げてきた。そのラインを傷顔が外から内におさえつけた。内から来たライン三人が皆バンクの内に倒れた。

——あれまあ、これで失格確実だ。

残りは傷顔入れて三人だ。

最後のラインが追い上げてきた。4コーナーを回って直線だ。外から来たのを吹っ飛ばした。そして内から来たのを跳ね飛ばした。傷顔一人がゴール板を駆け抜けた。

「よくやった」

私は傷顔に拍手した。スタンドのファンも全員拍手している。倒れた選手は相当にやられたのか誰一人起き上がれない。

「ひさしぶりにいい競輪を見たな。金は全部払い戻しだぜ。あの傷顔に返還分の金をすべてやりたいくらいだ」

「ずいぶん楽しそうじゃないか。さあ次に行こうぜ」

もう一人の俺が言った。


私の前を俺がどんどん歩いて行く。

「おいおいどこに行くんだ」

やがて街の灯《あか》りが見えて、繁華街に入った。そうして一軒のビルの脇の階段を登った。ドアを開けると、タバコの煙りがもうもうと立ちこめる中で、ポン、チー、カン、ロンの声が響いていた。

「おう、待ってたぞ。伊集院。帰ってくるまでずいぶんと時間がかかったじゃねぇか」

「えっ？」

「伊集院、おまえさんの卓は、ほれ、あの一番奥だよ」

もう一人の俺はそう言って店の奥に案内した。

懐かしいメンバーが笑っていた。

私は彼等を見て嬉《うれ》しくなった。

「なんだ、近頃、見ないと思ったらこんな所にいたのか」

「何を言ってやがる、伊集院。そっちが、ちょっと仕事をやっつけてくるからと出て行ったんだぞ。ちょっとがもう何年になるよ」

「何年になるんだ？」

私が訊《き》くと、三人は声を揃えて言った。

「かれこれ十年近くになるな」

「えっ？」

――そうか……。ぼんやりしてるうちにそんなに時間が過ぎたのか……。

「さあ、ボォーッとしてないで座りなよ」

私は卓について牌《パイ》を並べた。

「あれまあ……」

いきなりこの手である。

「どうしたんだ、早く切れよ。親がやらなきゃ子はできないよ。時々、できるのもいるが」

――つまらないダジャレを言いやがって。ヨオーッシ……。

私は發を切り捨てた。

すると三人が一斉に、ロンだ。お待たせ～と声を揃えて言った。

倒した手役を見て、目を剝《む》いた。

上家《かみチャ》が、

である。
対面《トイメン》が、

下家《しもチャ》が、

「三人アタリはありだったよな」

「お前らやりやがったな」

「何をやったって言うんだ。おい伊集院、これはギャンブルだぜ。仕掛けも仕込みも何でもありだろう。そっちが切ったんだぜ」

「ムムッ……」

「さあ払ってもらおうか。現金だぜ」

私は上着のポケットから名刺を出して相手に放った。

「何だ、こりゃ」

「おまえたちがここでずっと打ってる間に外の世界は俺の統治する国になったんだ。それは俺の国の札だ。一枚十億円だ。釣りはいらないぜ」

「何を、とぼけたこと言うんじゃねぇ」

「何とでもほざけ。伊集院国、憲法第一条、我国の基本理念。なんでもあり、ってナ」

「ムムムッ……」

三人がのけぞった。

「いいから、いいから。どうだ一回一兆円でジャンケンやろうぜ。とりあえず百回勝負だ」

「それじゃ国家予算を超えるだろうが」

「だったら一兆円の名刺をじゃんじゃん刷るさ」

「ヨオーッシ、最初はグー、ジャンケン……」

かくして私の新しい人生がはじまった。

さあ、用のある者もない者も、寄ってらっしゃい、この国へ。なんでもありだよ。

あれっ？　俺の野郎、どこに行きやがった？

二〇〇八年三月

口絵・本文イラスト・西原理恵子

なんでもありか　目次

目次

なんでもありか①

本誌担当よりサイソクFAX。
「読者に心の春が訪れるような
暖かく笑えるイラストをお待ちしてます」
「感じろ人妻」風
とり
オラ
オラ
この
毛本
読んでる
おっちゃんが
私のイラストみて
心の春？！
こねえっつの。
よろこばれる
のはただ
もう
毛のみ

明日の新聞

ロスアンゼルスにある日本レストランのカウンターで、夜の九時からずっと松戸《まつど》でのケイリンダービーの決勝戦（05年）をどう打つかを酒を飲みながら考えていた。

日本の松戸競輪場に私の原稿料を持った若手競輪記者が待機してくれていた。カメチャンという名前の若手記者なのだが、ちゃんと車券を買えるかどうか心配なので、ロスの夕刻（時差があるので）から一レースずつ電話で話をしながらカメチャンの能力を試していた。

Hという名の老記者もいるのだが、こちらは金を預けたら瞬時に使い込んでしまう男なので危なくてまかせられない。もう一人はアル中でどうしようもない。

6レースの久冨武を頭で買いたかったが決勝戦だけに絞ることにした。

前日、東京と大阪のスポーツ新聞に書いた私の予想は小嶋《こじま》敬二と後閑信一が本線だったのだが、あらためて考えはじめると、この決勝戦がかなり難しいことがわかった。

なかなか結論が出ないいまま、6レースで久冨が頭で加倉正義との⑥─⑦で9560円の高配当。三着が星島太で⑥⑦⑨は4万1280円である。久冨を一着で二、三着を加倉、星島、川口満、香川雄の四車でボックス買いしても十二種類で済む。初手を五千円流しても六万円で二百六十万円は取り込める。六十万円なら……、まあいいか。

レストランの客が引けて、私はじっとメンバー表を睨《にら》んでいた。

締切り十分前に注文を入れた。

後閑─小嶋に鈴木誠、内林を合わせた車券を入れた。

結果は伏見が逃げての鈴木誠の勝利で2車単の鈴木―伏見の⑧―③でも4140円の配当がついていた。

伏見の逃げもなくはない、と考えていたが、何しろ伏見は走らないから、その車券はよした。

鈴木は十三年振りにGI勝利だそうだ。高松宮杯を勝った時が十五年前だという。よくここまで走ったものだ。

但し、内から抜いたらしい。そこが情無いが、去年の後半からよく頑張っていた。地元勢としての意地もあったのだろうが、亡き友、東出剛も喜んでいるだろう。

それにしても武田豊樹は何をしていたんだ？　見せ場ひとつもつくれなかったらしい。どうして逃げなかったのかわからない。それともここまでの選手なのだろうか。武田ラインにマークした小嶋敬二も相変わらず読みが悪い。せっかくのツキを自分から手放している。

私の車券はかすりもしなかった。

――こういうのがイケナイ。ただかすりもしない方がまだましだ。

結論としては、近年になく難解なレースだったから打たなくともよかったのかもしれない。

まあいいか。

ロスアンゼルスからの飛行機の中に真新しいスポーツ新聞があり、それを開くと、私の書いた予想が掲載されていた（日本から運んでくる）。

すでにレースは終わっているのだが、読む方は初めて予想を見る気分だ。

何やら時間差の中で明日の新聞を手にして結果がわかっているふうで妙な気分だ。

明日の新聞とは、四十年近く前に誰かが書いた短編で、或《あ》る男の下に明日の新聞が届き、男は競馬で大当たりをしたり、株で大儲《おおもう》けをするのだが、数日後届いた明日の新聞に自分の交通事故死の記事を見つけてしまうという面白い内容だった。

以前、これと似たことをしてギャンブルを取り込んだ友人がいた。

それは明日ではなく五分違いの競馬レースを取った話だ。

グリーンチャンネルという競馬専門の番組ができたばかりの頃、阪神《はんしん》競馬、東京競馬、福島競馬、札幌競馬と夏開催の競馬が重なる週があり、五分置きに発走する各レースを見ていた友が、私設馬券（飲み屋）で打っていて、私設馬券のアンちゃんの方が札幌競馬のレースを聞く手段がないことに気付いた。たまたま札幌のレースがスタートし、すでに4コーナーを回りはじめているのに相手が馬券の注文を受けた。その馬券は外れたが、そこで次の札幌のレースをグリーンチャンネルを見ながら4コーナーを回って先頭にいる何頭かをまとめてボックス買いの注文を出した。

これが嵌《はま》って、たて続けに三レースを取り、たちまち百万円を超えた。そこで押し切れば男になれたのだが怖くなって手仕舞った。

一ヵ月くらいして同じ手口を使った客が相当に相手からしめられたというから、友人の引き際は良かったのかもしれない。

東京のホテルに入り、この原稿を書きはじめた。

昨日のケイリンダービー決勝戦のレースの結果が出ているスポーツ新聞を読むと、優勝した鈴木自身も情無い勝ち方だったとコメントしていた。必死だったのだろう。

一方、伏見のコメントで、

「これは貸しですから」

というのが気になった。

先行選手がこの手のコメントをしてはイケナイ。だったらファンは伏見にいったい何億円の貸しがあるというのか。

売上げが減っている。どうしようもない。おまけに千葉の競輪場の存続が危ないという声も聞こえている。

松戸で開催して売上げが落ちるのなら、これはもうダメだ。

ヤンキースの松井秀喜選手の記事をまとめて読む。えらく順調である。このペースで開幕から走って欲しいものである。

フロリダでヤンキースのスプリングキャンプをしているレジェンドフィールドでピッツバーグとのオープン戦を観戦したが、オープン戦のナイターでも外にダフ屋が出ていた。

大変な人気である。

アメリカのテレビではメジャーリーガーのステロイドの公聴会の模様を放映していた。

——私はやってない！

出席した選手、元選手が口を揃えて言うが、ファンにアンケートを取った結果は80％のファンがやっていると答えていた。今は誰も平気で嘘をつく時代なのか。

NHKに月イチくらいで出る事
になった。深夜だしまあいいか。
その後
生番組であることに
気づく。
めんどくさくなってきたので
これから先おこるであろう
様々な事を考えねば。
まあ

滅びの美学か？

春はスポーツのはじまる季節である。週末などはテレビを点《つ》けるとどこもスポーツの中継をしている。
ちなみに今（3月26日、土曜日）は雀荘《ジャンそう》のソファーで夕刻、目覚めて、テレビのチャンネルを回してみた。
1CH　大相撲
3CH　春の甲子園
4CH　セ・リーグオープン戦
8CH　女子高校バレー
10CH　パ・リーグ開幕戦
12CH　男子プロゴルフトーナメント
これにケーブルテレビでは競馬、競艇、競輪の中継をやっているのだから、日本もスポーツ大国になったということなのだろう。
海のむこうではフロリダのジャクソンビル、ソーグラスで行なわれているUSPGAツアー・ザ・プレーヤーズチャンピオンシップが大雨で中断されている様子までを観ることができる。
ソファーに横たわって世界中のスポーツが観戦できると、雀荘に居ながらにして世界旅行に出かけている気分になる。妙な世の中になったものである。
今、世界の先進国では国民がスポーツにかける金と時間が著しく伸びている。どうやら現代人は裕福になると、頭を使う生活と身体を使う生活との両方を欲するらしい。

——おやおや衛星放送で、綱引選手権まで中継している。どうなっとるのかね、世の中は？

「伊集院さん、テレビばっかり観てないで、少しは打ちましょうや」

雀卓の方から声がかかって、起き上がった。

まだ身体はフロリダでの時差が残って昼間でも突然睡魔が襲ってくる。

——まさかこれでナルコレプシーになってしまうんじゃないだろうな。

いや、それはないな。阿佐田《あさだ》先生のような壮絶な暮らしをしているわけじゃないからな。

時差を解消するのに一番良い方法は到着した国で昼間汗を掻《か》くことである。太陽の下で動く。これが私には一番イイ。あとは夜になったら少しきつめの酒を飲んで寝る。

訪ねた国でもそうだが、帰国した時も同様のことをする。ただし日本ではもうひとつ良い方法がある。

麻雀《マージャン》を打ち続けることだ。時差で眠くなった時も踏ん張って打つ。打っていれば、数時間経つとそのうち眠さも失《う》せる。これをくり返していればやがて身体は戻ってくる。

但し、難点はある。眠けが襲ってきた時に打牌のミスをすることだ。

そういえば、昨日の金曜日、時差を解消するためにゴルフに出かけたら、いきなり鼻水がズルズル出はじめた。花粉症なんだろうな。数年前から、少し様子がおかしかったのだが、昨日は相当ひどいものだった。パッティングをしようと下をむいたら鼻水が尾を引いて出た。

——こんな恰好《かっこう》で遊んでちゃ、みっともなくてしょうがないな。

そんな感じで明日は仙台に戻り、また仕事の日々だ。いったん休憩をしましょうか。

仙台に戻ってみると、仕事場の窓から見える山にはまだ雪があり、夕刻になると斜面に照明が灯《とも》り、スキーをしている。つい数日前までフロリダでゴルフをしていたことが嘘のようである。

山には雪が残っていても、平地は春の気配で、仙台から電車で太平洋岸に出て、そこから少し南下した街、いわき平《たいら》では記念競輪をやっている。

いつから春に記念をやりはじめたのだろうか。以前は年の瀬、クリスマスあたりに開催していた記憶がある。GIやらGIIやらわけのわからない名称が増えて記念競輪のスケジュールが変更されたのだろう。こういう点が競輪界は間違っているのだ。

記念競輪は昔から新しいファンを獲得する絶好の場所だった。年に一度、全国から超一流選手がオラが街に集まり、競輪の醍醐味《だいごみ》を披露してくれた。その上地元の選手にも街の人に自分の実力を見せる唯一の機会だった。街は記念競輪の開催で数カ月前から盛り上がり、普段、競輪場に足をむけない人も年に一度、ものは試しで遊びに出かけたものだ。少年たちも大人に連れられて行き、そこで見た競輪のカッコ良さに憧《あこが》れ、選手になった若者も多かった。

前節で少しプラスになったファンは必ず後節に足を運び、そうでなかったファンも逆転を狙って後節に出かけた。選手の家族、親戚《しんせき》たちも皆して応援に行ったものだ。

今、準優戦が終了し、明日は決勝戦である。家を出て仙台駅から電車に飛び乗れば三時間でいわき平に着く。湯本《ゆもと》温泉で風呂《ふろ》に入り、芸者さんでも揚げて、翌朝、競輪場に行けばどんなに楽しいだろうか。

なのに仕事が阿呆《あほう》みたいにあって家から出ることも叶《かな》わない。

――いったいどうしてこんな人生になってしまったのだろうか。

自業自得ですな。仕事を受けた私が悪いのだから……。

いわき平のテレビ中継が終わると、ガラ空きの競輪場のスタンドがテレビに映った。小《こ》倉《くら》競輪場である。

まったく客が入っていない。

売上げが悪いから少し荒れただけで3連単はえらく高配当になる。

――これじゃ、客は車券の買い方に迷ってしまうだろうに。

北九州市は何か手を打っているのかね。まず打っていないだろう。競輪祭で飯が喰《く》えてるからな。それも昔ほどではあるまい。

それにしても客が入っていない競輪場は淋《さび》しい限りだ。

オートの売上げはどうなったのだろうか。選手会長が英断していたが、少しでもいい方向に行けばいいのだが……。あそこも高い広告費を使って宣伝していた。競輪よりは何倍もましなフィルムだったが、テレビCMで人はギャンブル場に来るはずないものな。頑張って欲しいな。

そういえばIT産業の連中がまるで競輪に手を差し出そうとしないのは、彼等の中ですでに十年、二十年後に競輪がどうなっているかの結論が出ているからかもしれない。いや、きっとそうだ。

それなら滅びの美学で突っ走るのも手ではある。もう一度、競りも落車も失格なしで、男の格闘技の競輪で、本物の客だけ生むのもいい。

ちょっと仕事休んでました。すいません。
新米食って体重ふえたらどーでも良くなっちって
自分の事がねえ。で、サクサク働こってね。
つけあわせの焼きシャケ
私はお金で左右される人間だと思ってましたが素は炭水化物でできてるみたい。
よし今日はトンカツだ。

開幕ファインプレー

私がフロリダに行っていた時、岡部幸雄騎手が引退した報《しら》せが滞在していたホテルにFAXで入った。

岡部騎手のデビューと私の競馬歴のはじまりはほぼ同じ時期である。

彼がデビューした頃はまだ関東には野平祐二騎手の兄弟子、保田隆芳騎手が現役でいた。森安、丸目、加賀、郷原などの猛者《もさ》がいた。だから岡部騎手が関東のリーディングジョッキーになるのはデビューして九年後である。

彼が偉かったのはデビューして四年目の冬にアメリカ西海岸に修行の旅に出たことである。レースに騎乗したのではなく、アメリカの競馬、騎乗法を見て回った。翌年（1972年）の夏、デルマーで海外初騎乗をしている（九着）。海外で学んだ岡部騎手の競馬に対する考えは当時の競馬記者たちにも影響を与え、大勢のシンパを作った。競馬記者の中では予想に迷ったら岡部騎手に印を打て、と言われたほどだった。しかし岡部騎手の名前を全国的にしたのはデビュー十六年目で出逢《であ》ったシンボリルドルフであろう。この名馬との歩みは、名馬と名騎手の最高の軌跡と言ってもよかろう。

私が岡部騎手で印象に残っているのはオークスのダイナカールと皐月賞《さつきしょう》のジェニュインか。あとはともかく長距離のレースが抜群に上手《うま》かった。私の記憶では長距離ステークス（今はダイヤモンドS）で四年くらい続けて勝った気がするし、ステイヤーズSも強かった。〝長距離レースは騎手で買え〟の格言がこの騎手には本当にあてはまった。

あとは馬を大事に乗りはじめた最初の騎手だったのではないか。特に血統の良い馬には必要以上に鞭《むち》を入れたりしなかった。〝馬優先主義〟と自らも口にしている。

三十八年間、ご苦労さんでした。

岡部騎手の引退を特集した競馬雑誌『ギャロップ』を読んでいたら、誌中に各大学の競馬サークルの対抗戦をやっていて参加している大学生たちの写真が掲載されていた。

これが見事に勉強しない顔をした連中でおかしかった。

親のスネをかじって競馬をやって最高の連中である。学生時代からガリ勉型で日々を送るより、私にはこの連中の方が将来が楽しみに思える。

人には遊びを覚える時期が必要である。人生の晩年に遊びを覚えるとギャンブルでも女でもたいがい失敗をしでかす。

なぜか？

遊びを覚えるとは、ギャンブルなら敗れる辛《つら》さを知ることであり、女なら振られる切なさを知ることだからだ。若い時は巻き返しがきく。歳を取ってからではそうはいかない。

京王閣《けいおうかく》競輪のA級戦の決勝で優勝した群馬の朝生真吾選手の優勝インタビューがとても良かった。

「京王閣で優勝できたことが嬉《うれ》しい。自分たちもしっかり練習していいレースをするので、ぜひまた競輪場に来て欲しい」

そんな主旨の話をした。

――選手も今の競輪界の危機をわかっているんだ。そりゃそうだろうナ。

朝生選手は二十七歳で87期だから、一度どこかに勤めたのだろうか。

それにしても競輪は選手の方からの働きかけが少ないのに驚く。選手会から出される提案はほとんど時代遅れだし、この意見が選手一人一人の意志を代弁してるとはとても思えない。おそらく今スポーツ界でこれほど遅れた選手会はあるまい。

プロ野球が古田敦也の捨て身の行動でようやく新展開を生んだのに、競輪はまだこの状態だ。

ともかく何ひとつ改革できないのだから競輪界の中枢にいる者がまっとうな人間とは、私には思えない。

仙台でゆっくり、そんなことないか、毎日原稿を書いてるのだけど、いわき平記念競輪が終わって、今は高知記念がはじまっている。初日の5レースでベテランの松村信定が直線切り替えて見事に二着に入った。全盛時代のカミソリのような差し足を思い出させる走りだった。

そういえば、昨日、山口の競輪選手の永田敏夫君に我家で使う飯茶碗《めしぢゃわん》と皿を何枚か作ってくれるように注文しておいた。

彼の作る萩焼の碗や皿はなかなか風情がある。家に窯を持っているらしい。陶磁器が趣味の競輪選手が何人かいるらしいが、玄人っぽいものを仕上げてくるのはいただけない。

その点、永田君のものは素人っぽいところを残しているのがいい。

絵なんかもそうだが、よくタレントが描いた作品を新聞などで目にするが、ともかくひどいものだ。油絵などを見ると絵の具の無駄としか思えない。あれを平気で人に見せて個展などをするのだから私には理解できない。本物の絵画を見ていないからだろう。見てるって？　そりゃただ眺めただけだろう。絵画を見ることに画家への尊敬、つまり敬意が生じなければ何を見たのかわからない。敬意とは何か。絵画に対する尊厳を知るということだ。謙遜《けんそん》を知ることだ。片手間で描いたものを人に見せることが傲慢《ごうまん》なのである。

まあいいか。

先週のスポーツ紙の読書欄で久間十義氏が絶讃《ぜっさん》していた本田靖春氏の最後の著書『我、拗《す》ね者として生涯を閉ず』を読む。作家が魂を込めて執筆したものには、〝本の持つ真実〟が宿るものだ。

二十五年前の冬、府中《ふちゅう》の競馬場で逢《あ》った本田靖春は本当に姿、かたちが良かった。男に男が惚《ほ》れるとはこの人のような人かと思った。外見に人となりは出るのだ、とその冬、私は知った。

さて開幕戦の松井秀喜選手だ。

いやはや松井秀喜という選手はどういう星の下に生まれてきたのだろうか。肝心な処で必ず何かをしでかす。あのホームランの飛球を追走した時のスタートの早さ、足の速さ、ジャンプのタイミング、今年から少し大き目に注文したグローブ、何もかもが開幕の最初の見事なファインプレーのためにあった。

二安打のあとが、最後のホームランだ。どうなってるのか。今年もまた朝から昼まで仕事ができない。

いや楽しいシーズンの到来だ。

毎日かあさんのサイン会。東京も
大阪も行ったし 福岡も小倉も
あ、北海道
ウニが
カニが
寿司が
夜が
私、車出します
ボク宿
さがしときます
毎日新聞社で
五月北海道決定。
よろしくお願いします。

買えなくてよかったじゃ、
ギャンブルにならない

少し前の話になるが、ヤンキースの松井秀喜選手とフロリダのタンパで逢った時、彼は鼻をぐずぐずさせていた。

実は彼に逢う前日、私も鼻と目が少しおかしくなっていた。

「これって花粉症かな?」

私が鼻を鳴らしながら言うと、コーディネーターのお嬢さんが、

「その症状は花粉症ですよ」

と自信を持って言ってくれた。

「いや松井君、私もどうも花粉症になったようだよ」

「じゃ同じですね。やっぱり知的な人間は花粉症にかかるんですよ」

——知的以前に君の場合は人類の原点というか、原人ぽいから、花粉症は無縁だと思ったんだけどナ。

こう言いたかったが、

「そうなんだ。知的な人が花粉症になるんだ。知らなかった。じゃなぜ君が花粉症なの?」

と愛情を込めて訊《き》くと、

「だから僕は知的ですから……」

とほとんど会話が成立しなかった。

「今日の午後から二の腕のところが痒《かゆ》くて……」

見ると松井選手の腕に二ヵ所ほど虫に刺されたような跡があった。

「それはノミじゃないか？」

「ノミってアメリカにいるんですか。知らなかったです」

「ノミじゃなければ何か悪い病気なんじゃないの」

「どうして伊集院さんはそういうふうに悪い方へ悪い方へ僕を持っていこうとするんですか」

「いや、そういうつもりはないんだけど、君なら少々の病原菌はへっちゃらじゃないかと思って。気分を害したのならかんべんしてくれたまえ」

「大丈夫です。僕は忍耐強いですから……」

「そうだろう。君ならどんな菌も退治できるよ。菌トレもしてるしね」

「そこがよくわからないんですが」

そんな話をして別れ、翌朝、目を覚ますと、私の二の腕に虫に刺されたような傷が二ヵ所できていた。

「あっ、感染《うつ》された。やられた」

その傷が完治するまで三週間近くかかって、傷を見る度に松井選手がどこかでニヤリと笑ってる顔が浮かんだ。

ニューヨークでの開幕戦を日本でテレビ観戦していて、腕を痒がっている様子がなかったので、あれはきっと誰かに感染させると治る種類の病気じゃないかと思った。

しかも完治のあとで大活躍できる新しい病気である。

福島競馬で1014万9930円の大穴馬券が出た。

福島競馬場に通うファンの間では三レース組まれている特別レースのひとつ前のレースが荒れることは知られていたらしい。

このレースは四歳以上500万円下で未勝利馬も古馬も入り混じった混戦気配のレースだった。小回りコースの福島ではちょっとした不利や馬の調子で思わぬものが飛び込んでくるケースが多々あるようだ。2184通りの中で2136番人気。的中は全国で九票だそうだ。当の福島競馬場には的中者がいなかった。それも何だか淋《さび》しいが、電話投票での的中者も一人しかいなかった。やはり電話では買い難《にく》いのか。それにしても⑫—⑤—④は語呂合《ごろあ》わせでも買えそうもない。いやはや的中した人はお見事。あんたは偉い！

阪神での桜花賞《おうかしよう》は固くおさまった。

川崎《かわさき》での桜花賞は中荒れだった。

今日（4月12日）よほど川崎まで打ちに行こうと思っていたんだが、もし行けば後閑—神山の折り返しの車券をずいぶん買っていたろうから、無事で良かったと思う。でも外れたから良かったでは話にならないな。

本場のアメリカでのマスターズ最終日のテレビ中継を見ていて、プレーオフに入ってから勝敗を決める肝心なシーンをＴＢＳはＣＭに切り替えた。これがやたら長いＣＭで、やっと放映した時は勝負がほぼ決している時だった。

「何をやってるんだ？　このテレビ局は……。頭がおかしいのと違うのか。それとも……」

――そう、その、それともに違いない。テレビ局の上の連中が、いいからCMを流してしまえ、と命じたのである。この連中はCMを流すことだけが最優先で、そこに感動するものがあろうがおかまいなしに広告料、つまり金を選択するのである。

これじゃテレビ局は金儲《かねもう》けだけが目的の連中に狙われるわな。

それにしても最終日、タイガー・ウッズの16番ホールのチップインは素晴らしかった。あれこそがタイガーの〝ミラクルショット〟だ。

だが私はタイガーとディマルコの最終日の戦いを見ていて、ここで賭《か》けるならディマルコに賭けるべきだろうと思っていた。長い間ギャンブルをしている者なら、プレーオフになった時点で追いついたディマルコに勝負の流れがむいたと考える。ところがディマルコはセカンドショットをパーオンできなかったらしい（テレビが放映してなかったので）。その様子を見たかった。だからディマルコの敗因がどこにあるのかわからないままでいる。こういうのは困るよナ。

川崎競輪と同じで、これも助かった（別に賭けてないが）感じで何だか嫌な気がした。

今週は皐月賞があるのだが、武豊騎手が騎乗するディープインパクトという馬がやたら強いと評判である。

武豊騎手もスポーツ紙の取材でこの馬の資質をこれまでになく期待していたし、競馬記者の水戸万助までが三十年の記者生活の中でもめったに出逢《であ》うことがない競走馬だと誉めちぎっていた。穴党の万助がこうも言うのだからよほどの馬なのだろう。

——単勝はいくらくらいつくんだろうか。

120円か、それとも130円でアグネスタキオンと同じかな。

この手の馬があらわれると売上げは伸びる。これは競輪と同じで、強い選手が出現するとファンは買いはじめる。ファンを走らせる競輪選手があらわれなくなってもう何年になるのだろうか。

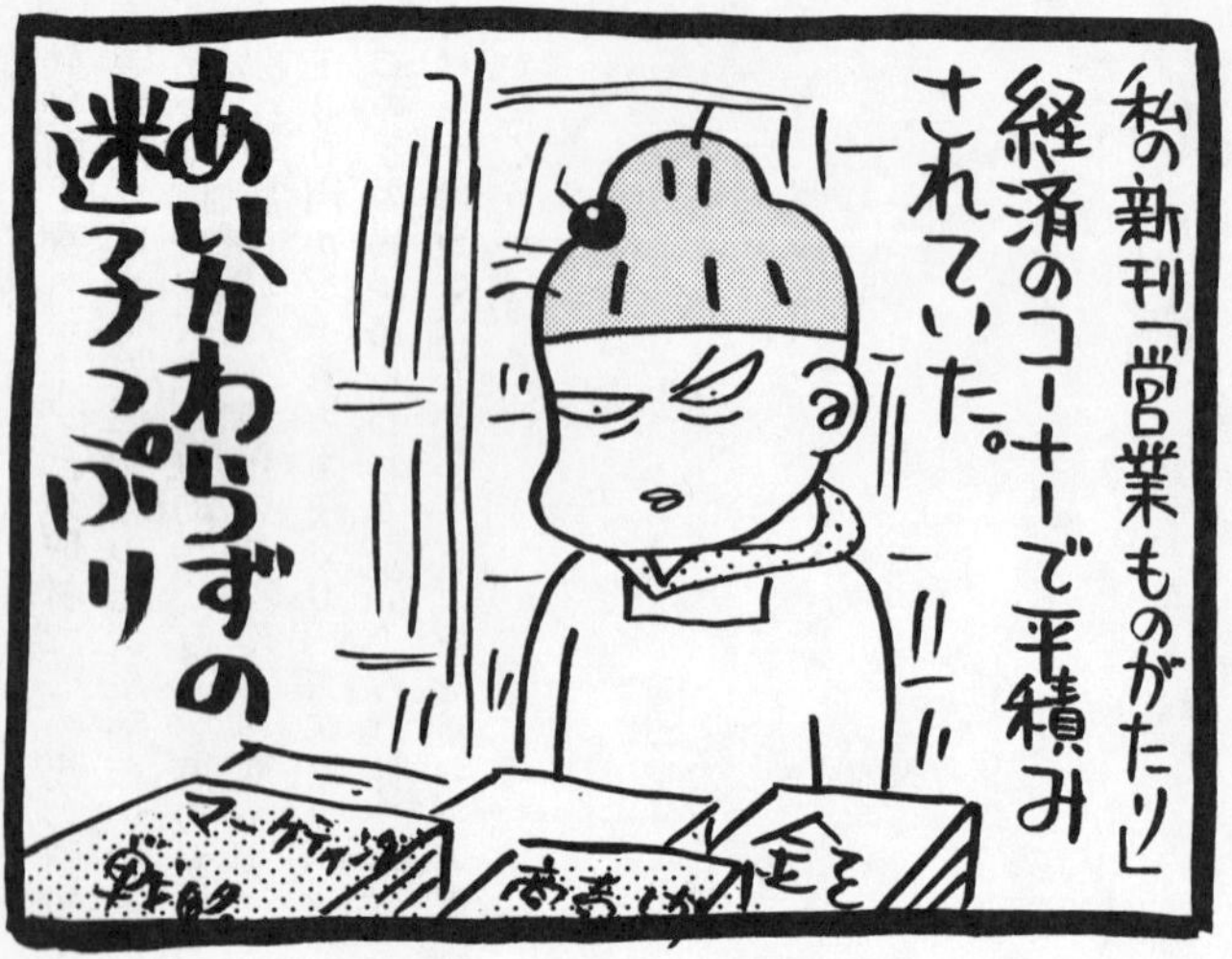
私の新刊「営業ものがたり」
経済のコーナーで平積み
されていた。
あいかわらずの
迷子っぷり

初日200オーバー

長崎の空港で手荷物の中に入れておいたライターふたつを取り上げられた。

規則はわかっていたが、いざ没収されるとなると嫌なものだった。

全国の空港の手荷物チェックで、その日一日だけで取られたライターの数は十や二十の数ではあるまい。

――あのライターはどこに行ってしまうのだろう？　ライターの製造業者の将来はほとんどないのだろうナ。

と考えてしまった。

それでなくともこの禁煙のひろがりである。ハリウッド映画でも煙草を呑《の》むシーンは悪党が登場する以外はなくなっている。アメリカでの禁煙は異様だし、日本でも禁煙は驚くほどの勢いでひろがっている。

喫煙者イコールダメ人間、が今の常識らしい。言ってろって。

長崎の空港でテレビを探した。

「どこかで皐月賞の中継をやってますよね」

と確信を持って訊《き》いたが、半分以上の長崎の人が、？という表情で私を見返した。

――オイオイ長崎じゃ、誰一人競馬をやらないってか。

おまけに飛行機の出発時間が三時三〇分過ぎときている。

何年か振りに大本命、一番人気のディープインパクトがどんなレースをするか、この目で観ておきたかったのだが叶《かな》わなかった。

仕方がないので飛行機の中でもう一度予想だけをしてみた。羽田空港に着き、迎えにきた車から電話して結果を聞いた。

「いやひさしぶりに迫力のある皐月賞でしたよ。ディープインパクトがスタートでつまずいたんですよ。あっ、やっちまった、と思ったんですが、最後方からじりじり追い駆けて向正面から上がってきて、直線で十七頭の馬をすべて抜いて、最後は圧勝でした。最後方から十七頭抜いて勝った皐月賞は記憶にありませんね」

電話に出たベテラン競馬記者が興奮して喋《しゃべ》っていた。

——そんなに面白かったのならライブを見てみたかったナ。

「単勝はいくらついたの？ それと二着、三着は？」

「単勝は130円です。二着がシックスセンス、三着がアドマイヤジャパンで馬複の⑩—⑭が5830円。馬単の⑭—⑩が61000円。3連単の⑭—⑩—⑯が7万7780円です」

「ほう、一本被《かぶ》りのレースにしては高配当だったね」

「そうですね。この馬券、カトウが◎△○で的中させましたよ」

「そりゃ見事だな。最近彼の予想は当たっていたものな」

「そうなんですよ」

カトちゃんことカトウ記者の顔を思い出し、今頃、中山《なかやま》競馬場の近くの居酒屋で騒いでいるのだろうナと思った。

もう二十五年近いつき合いだが、今年から東京のサンケイスポーツのメインの予想を受け持つようになり、メインレースがちょこちょこ的中すると競馬友だちから名前が挙がるようになっていた。

たまに競輪のレースを観に会社に立ち寄ると、カトウ記者がレース部のフロアーの片隅でデータと睨《にら》めっこしている姿を見かけた。

——案外真面目なんだナ。

と見ていたら予想が乗ってきた。

先々週、クラーク・ケントことK社のK君が久々に桜花賞を取った話が出ていた。ケント君とゴルフに出かけて、それを訊いたらニヤリとしていた。二年前の冬、私の金で打つだけ打っておいて、ニヤリはないだろうと思ったが、まあ的中すれば私も嬉《うれ》しくなってしまう。

皐月賞のビデオをその夕方のテレビのニュースで観た。かなりの出遅れだ。よく落馬しなかったものだ。

——これじゃライブでは沸きに沸いただろう。単勝を買おうかと思っていたが買ったらヒヤヒヤものの二分だったナ。

ディープインパクトの支持率はトキノミノルの73・3％に次ぐ歴代二位で63％だったらしい。勝って良かったナ、武豊君。たしか彼の皐月賞、初勝利のナリタタイシンも⑭番だった気がする。

テレビのニュースではあるゴルフで横峯さくらという若手が初優勝していた。私はこの選手は初優勝まで時間がかかると思っていたが、意外と早かった。タイガーのマスターズも当分無理と思っていたからゴルフの方は勘が外れる年らしい。

長崎は四月末にオープンする長崎県美術館の見学に出かけた。国内の美術館も行くのか、と訊かれそうだが、実は四月の末に私の新刊が出版される。この七、八年、ヨーロッパの美術館を巡る旅を週刊誌で連載していて、それが一冊にまとまった。

まずはスペインの美術館の旅を二冊にして出版しようと二年くらい前から手直しをはじめたが、ようやくかたちになった。二冊は面倒臭いとなり、一冊にした。すると値段がえらく高くなり、読者の人に申し訳なくなった。

——どうせ買う人はいないだろう。

と一冊にしたのだが、どうなることか私もわからない。中身はそれなりと編集者は言うが、本の重さだけはたっぷりあるから読む以外に何か使い方があるかもしれない。

『美の旅人』スペイン編（小学館刊・4500円）。注意して購入して下さい。

長崎には前日入りして、まず長崎の海山《うみやま》の状態を昼間見て回った。

——芝のつき方はいいが、かなりアップダウンのある土地だナ。

なんて植物学者みたいな視察であるが、一緒にゴルフをしたY君が、この日デビューで、1ラウンドで269回打って下さった。タイガーなら初日200オーバーってとこだ。キャディーも呆《あき》れていたが、私も一打一打助言してプレーしていたらへとへとになってしまった。なにしろ三日前に初めてクラブを握り、神保町《じんぼうちょう》で7番アイアンだけ習ってのラウンドだ。

「ゴルフって結構息切れするスポーツなんですね」

Y君が息を切らして言った。

「俺も今日初めて気付いたよ。けどよく四時間でラウンドしたよ。いいぞ」

「ゴルフって時間も競うんですか」

「知らなかったのか？」

編集部におねがい。
前々から気になって仕方なかったので
すが、どうしても口に出せずにいました。
このたび「実はワシもみたい!!」
との声もあり
安田老人コレクション。
ぜひワンセット
ゆずって下さい。
わあ

命賭けで走る者はいないのか

先々週の末にひさしぶりに〝退屈男〟ことK社のK氏から電話が常宿に入っていた。——麻雀《マージャン》の誘いか、それとも武雄《たけお》のふるさとダービーへの旅打ちの誘いだったのだろうか。

しかし〝退屈男〟もしぶとく生き抜いている。もうすぐ定年じゃないのか。そうなりゃ、もっと退屈になるのだろう。

もっとも〝退屈〟はホモサピエンスの証明となる時間状況だから〝退屈〟が哲学を生んだという者もいる。

退屈しのぎに何をするかは人の生の根本かもしれない。

この週末はひどい二日酔いとわけのわからぬ原稿でずっと部屋で過ごした。部屋の中を歩き過ぎたのか週明けの朝、足の筋肉と腰が痛かった。

——そんなに広い部屋なのかって？

ベッドひとつと机ひとつのほとんど拘置されているのと同じ広さだ。

あと数日でゴールデンウィークという時期に、いろんな人が遊びに誘ってくれた。パリに行こうという重役さんもいれば南アフリカに行こうという社長さんもいるし、ラスベガスで遊ぼうという商店主もいた。

どれも今ひとつ色気に欠けたので決めかねてしまった。こういう時に上海あたりに行くのも面白いのだろう。それにしても航空会社と旅行会社、それにむこうのホテル、ガイドはえらい損害だろう。

日中問題はどうなるのか、と質問される。どうにもなりゃしない。昔から近くの国はよく喧嘩《けんか》をするものなのだ。国力が増して対等につき合おうとするからおかしくなる。

日本も、中国も、韓国も皆強くなったのである。強くなれば強さを見せたいのが道理だ。少し金持ちの家と少し貧乏な家が隣り合わせていて、少し貧乏が少し金持ちになったら、それまでの我慢が一気に出る。追いつかれたり追い抜かれたりした方は、何を今さらという気分だ。品性がない輩《やから》は協調、共存なんてするわけがない。

北朝鮮は貧乏だって？　金はないが軍隊がある。武器は財産ですぞ。

所得は人を傲慢《ごうまん》にする。元々傲慢な生きものなんだからしようがない。

——中国のデモって一部の人が煽動《せんどう》しているみたいですよ。

何を言ってるの。日中戦争をどうやってはじめたかを考えなさい。そういうことやっといて卵やペットボトルを投げられたくらいで騒いでもしようがないだろう。

領土問題はどうかって？　昔から国境なんて流動しているものなの。両国でここだけは共有していろいろ使いましょう、なんて発想できる？　できんでしょう。譲り合うなんて気持ちはさらさらないのだから。

ホリエモンが若者の理想の社長のトップだと。それなら皆ホリエモンの会社に入って頑張ってみることだ。

楽天イーグルスが勝てないようだがファンはしっかり応援しているのだろうか。弱い時とて何をしているのかわからなくなる。今こそ補強をせねば。

古田敦也捕手が二千本安打を達成したので月曜日（4月25日）のスポーツ紙はどれも一面で祝っていた。

捕手というポジションで致命的な大怪我（怪我は何度かしているが）もなく、ここまでよくやってきたのが一番の功績だろう。ジャイアンツ中心の偏向した日本のプロ野球界で一流選手としてヤクルトを牽引《けんいん》し続けているのも素晴らしい。いつだかこの選手が将棋をさしているのを見たが、勝負事の攻防、智力に優れているように思えた。現代としてはいい職業につけた。時代がひとつ違えば別のかたちで仕事ができた人間なのだろう。

去年の球界の騒動の時もよく踏ん張った。当人しかわからぬ辛苦、思いがけない圧力もあったろうが、この選手は相当に頑固だと感じた。並々ならぬ一徹を抱いている気がする。

古田くらいの競輪選手がいたら競輪界も改革できるのだろうに、どうして競輪選手は自分のことしか考えられないのだろうか。

今しがた武雄のふるさとダービーの準優戦を見に大手町《おおてまち》にあるSスポーツのレース部に行き、帰ってきたばかりである。

これが東京ドームあたりで場外発売でもやっていれば遊べる上にレースも楽しめて最高なのだが、何をさせても競輪界は後手後手である。

11レースで地元の荒井崇博と小野俊之が川崎記念から六レース続けて同じレースで組み

合わさっていた。どうしてこんな非常識なことをするのかわけがわからない。

これをやられると対抗ラインが死にもの狂いで一発を狙ってくる。案の定レースはそうなった。番組編成者は勝負事の道理がわかっていない。地元有利にもほどがある。

この原稿を書いたら決勝戦の予想をするのだが、勝利者インタビューでの新田康仁がこんなに日焼けしている顔を初めて見た。あとは初日、市田が中割りで突っ込んだという記事が気になる。中割りの練習をしているのだろうか。そうは思えない。ただ冬の立川《たちかわ》記念の優勝からようやく自分のペースで走れているのやもしれない。あとはふるさとダービーがなぜか好成績の渡邉晴智。市田の目があるなら武雄バンクは追込み有利だから山口幸二は楽をするかも。

関東のどこかの競輪場に出っ張るほどのレースではないと思った。

しかしどうして競輪はＪＲＡの皐月賞のディープインパクトのような選手が出てこないのだろうか。

今の競輪は頭（一着）に推し、金を捨てても仕方ないと思わせる選手がいないのである。鬼脚・井上茂徳、天才・中野浩一《こういち》、人間機関車・滝澤正光……。彼等のように命を賭《か》けて走っているように見える選手がいないから若者はＫ―１やプライドに集まってしまうのだ。

関西、福知山《ふくちやま》線で脱線事故があった。運転手が若いと報道するが二十三歳は大人だろう。彼があせってスピードを上げねばならない心境にさせたのはJR西日本の体質である。記者会見で脱線する電車のスピードを計算して口にする馬鹿がいるか。ひたすら頭を下げるしかない。テレビの報道ももう少し遺族、負傷者に気が遣えないのか。おまえたちにはニュースでしかないんじゃないのか。

大変態 山田参助氏より
「季節のあいさつにうかがいたいのですが」
へんたいがんの道を
へんたいにんの道を
超ショックな季節のかわり目

亀甲縛り馬券

ひさしぶりに公営競馬場に出かけた。川崎競馬場である。

ケント君と二人での小旅打ちだ。

その日は昼過ぎに雀荘《ジャンそう》で目覚め、午後からケント君と電車に乗って川崎にむかった。

連休のはざまの平日だが、休みを取ってる人が多いのだろう、街の人出は少なかった。

「伊集院さんと新幹線以外の電車に乗るのは初めてですね」

「そうかな。私、一人の時は案外と電車に乗りますよ」

電車に乗ったのにはわけがあった。その前日に中央競馬の天皇賞があり、ケント君に馬券を頼んだ。ここ最近馬券を買うことはなかったが、ちょっとした見得買いの目があり、それに乗ろうかという気になっていた。

天皇賞の二日前に東京のサンケイスポーツのカトちゃんに電話を入れ、予想を聞いた。あまり自信はないが、本命はアイポッパーでいく、と言われ、対抗がリンカーンでスズカマンボ、ヒシミラクルあたりに流すらしい。

私の見得買いの馬は格下だから無理だとあっさりと言われた。どうせ見得買いなのだから馬の実力は無視して買えばいいのだが、誰か背中を押してくれる力が欲しい。

そこで競馬歴五十年の鶴見《つるみ》のK老人に電話した。この人は単勝馬券だけを二、三百円買う老人だが、馬を見る目はある。

「ひさしぶりだね。どうしたの？　天皇賞？　競馬やめたんじゃなかったの。俺の狙いかい？　トウショウナイトの武士沢君だ。この騎手に勝たせてやりたいんだわ」

やった。

——これはまたえらく穴目だ。

武士沢友治騎手にえらくご執心である。K老人は牝馬《ひんば》はないと、それだけは強くおっし

次に関西の雷蔵ことS社のF氏に電話を入れた。雷蔵はえらく簡単に、馬番⑥⑦⑧の三頭で3連単もボックスでいきまっせ、と言い切った。明快である。

「おい雷蔵君、少し見得買いをしたいんだが、この馬に二重マルを打ってる大胆な記者は関西に誰かいないか？」

「えっ、目買いでっか。あっ、いまっせ。伊集院さんの好きな報知のT君、この人ずっとこの馬を追い駆けとるんですわ」

私はT君がまだ競輪担当だった頃をよく覚えていた。

「そうか、T君の電話番号を教えてくれ」

そしてT君に電話を入れた。

「いやひさしぶりですね」

「T君、君はあの馬に本命を打ってるんだって、その理由を聞かせてくれないか」

「よく聞いてくれました。僕、この馬を三年前からずっと追い駆けてるんですわ。三年前の春の天皇賞が仕掛け遅れての五着でした。その前、産経大阪杯で重賞初勝利、そして秋の天皇賞が三着。ところが屈腱炎《くっけんえん》で一年の休養、五歳の秋からまた一年半の休養ですわ。今年七歳になってようやくこの馬に春が来たんですわ。苦節を乗り越えた調教師と厩務員《きゅうむいん》

さんの夢がようやく叶《かな》うんですわ」

なにやら電話のむこうから聞こえる声がうわずっていた。

「そうか、なら買ってみよう」

「いや伊集院さんから電話があると僕いつも勝てるんですよ。良かったわ。これで確信しましたわ」

――えっ、逆じゃないか。

そんなわけで久々に天皇賞の馬券をケント君に頼んだ。

結果はご承知のとおりだったが、ケント君もやられたらしい。

悪かったので、ケント君を川崎競馬に誘った。二人とも現金《タマ》はない。タマがないのだから電車で行くべきである。取りあえず電車の中で二人の金を二等分にした。

私たちの前で若いカップルが抱き合っている。大胆というか、放っておいたら裸になってコトをはじめそうな感じだった。

「電車はいろいろ勉強になるね」

「おっしゃるとおりで」

「私たちもキスくらいしましょうか」

「えっ？」

川崎駅から競馬場の送迎バスに乗り競馬場に入った。

結構人が出ている。

「今夜は予想紙は買わずに出走表だけで、あとはパドックで馬だけを見て買いませんか」

「いいですね」

すぐにケント君がパドックを見はじめた。真剣な目である。この人は競馬場でもカジノでも中に入った途端、別の人格になってしまう。

私もパドックに目をやった。驚いた。どの馬も毛並みを整えられ綺麗《きれい》にしてある。

――昔は野生の馬をそのまま連れてきたんじゃないか、とか、さっきまで馬車を曳《ひ》いていたんじゃないか、という馬がいたんだが……。

どの馬も皆よく見える。それでも少しずつ馬の様子がかわっていく。まったく無警戒の5、6レースと見《ケン》をした。私が狙った馬は三、四着にはくるのだが、馬がぶっ千切って勝ったりしたので、見にした。

7レースは買おうとしたが、やはり自信がなかった。スタンドの席にじっとしているとレースがはじまる時だけケント君は戻ってくる。7レースの前の彼の表情がかわっていた。

――おっ、これは勝負したナ。

レースが終わった。ケント君の目が点になり、宙を見つめている。

――これはやられたナ。

8レースのパドックで⑫番⑩番の馬が良く見えた。オッズを見ると⑩番が本命だが、私には⑫番の方がよく映った。

それでも二頭から馬連、馬単、3連複、3連単を総流しにした。

レースがはじまり、⑫と⑩がハナに立ち、そのまま一周回って帰ってきた。

——ほう、やるもんだ。

「取れましたか？」

「ああ少しね」

「馬券を見ていいですか。これ何ですか、ぐりぐりに回しましたね」

「はい。これが亀甲《きっこう》縛り馬券です」

その夜、二人で銀座《ぎんざ》で飲んで、根津《ねづ》で一杯やって帰った。

一年半前の冬、私はどうしてケント君の推奨する馬券をあんなに高額に買い続けたのだろうか、とベッドの中で反省した。

それが夢に出て亀甲縛りをされた自分に逢《あ》いそうな気がした。

NHKのなんとかボランティアのなんとかでアーティストイラスト展に、出品をたのまれた。子供のころから夢は画家になる事であったので大変うれしかったりする。出来あがったイラストは悲しいくらいまんがであった。

あれまあ？

海のむこうではヤンキースが九連勝して、ようやく勝率を五割にした。むこうの連中も勝率が五割になったなんて言うのだろうか。

松井秀喜選手はまだ本調子ではないが、それでもヤンキースの四番を打ち、打点もリーグのベストテンに入っているのだからたいしたものである。そのうち打つでしょう。

今年こそ世界一になって貰《もら》いたいのだが、案外とこういうパターンで追い上げていった方がヤンキースはいいのかもしれない。

ヤンキースのテレビ中継がないとやることがない。NHKが独占契約をしているとは思えないのだが、どこか民放局が買ってゴールデンタイムに放映したら、視聴率はかなりいいと思うのだが……。

いずれにしてもオールスター戦前には（いやもっと早いか）ヤンキースは首位争いをしているんだろうな。

先日、テレビのスポーツニュースで日対ソと表示が出ていて、日本対ソビエトの対戦かと一瞬思ってしまった。日本ハム対ソフトバンクだとわかって、なるほどと納得した。

ゴールデンウィークに名古屋に取材で出かけて、美味《うま》い鮨屋《すしや》に案内された。主人の顔が良かった。勿論《もちろん》、味も私には合った。

その主人と高校生の時に同じクラスだった野球部の選手が、私が大学野球部の時のキャプテンだった。

奇遇であるが、そのキャプテンは甲子園のヒーローだったから鮨屋の主人にすれば懐かしかったに違いない。キャプテンは今はどこでどうしていらっしゃるのだろうか。同じグラウンドにいた日がつい昨日のように思える。でも三十五年前のことだ。ということは私は三十五年間ただ遊んでいたのか。そうだろうな。

それにしても名古屋で美味い鮨が食べられるとは思わなかった。煮込みうどんとか、ミソカツとか、濃いものばかりの印象があったので幸運だった。

そういえば先週の西原画伯の絵は何が描いてあるかさっぱりわからなかった。大丈夫なんだろうか。先日、画伯は何か漫画の賞を貰《もら》っていたな。賞金はあったんだろうか。いつだかテレビで顔を見たな。違ったかな。

先週はひさしぶりに仙台に帰って、そっちでも毎日仕事をやらされた。ずっと仕事をしていると具合いが悪くなるので、合い間に競輪で遊んだ。いや、遊んでみるもんだと思った。

仙台に戻った日は別府《べっぷ》記念、前橋と松戸でS級戦をやっていたが、初日から見てないので見《ケン》にした。わずかに別府記念の最終日の地元勢を買って少しプラスになった。

翌日、ナイターのS級戦が川崎と四日市《よっかいち》ではじまった。ナイターなら夕刻まで仕事をしたあと遊べる。

四日市競輪には久冨武（岡山・79期）、丸山啓一（静岡・74期）の二人が前回S級戦を優勝しての参加。他は坂上忠克（石川・71期）、吉田敏洋（愛知・85期）、望月永悟（静岡・77期）、金田健一郎、有賀高士、星島太のベテラン勢がいた。その初日、熊本の島田竜二（76期）が直線でいい脚を使った。結果は四着だったが、

――こんな走りができるんだ。

と意外だった。

金田健一郎も捲《まく》りのラインの三番手から直線だけで二着に突っ込んだ。

――ほう久々に金田のいい脚を見せて貰ったナ。

あとは布居寛幸（和歌山・72期）がえらく調子が良かった。

本命は吉田敏洋がここのところの実績で人気になりそうだったが、好調の布居に主導権を取られて初日は沈んだ。

――吉田はあまり芳しくないナ。

二日目はそれでも吉田がきっちりと走った。他は初日果敢に先行した丸山啓が楽に捲って勝ち上がった。久冨―星島の岡山コンビも勝ち上がり、金田、布居もいいレースをした。

それで三日目の決勝戦は次のメンバーになった。
①　丸山　啓一（静岡・74期）
②　布居　寛幸（和歌山・72期）
③　有賀　高士（石川・61期）
④　金田健一郎（大阪・60期）
⑤　星島　　太（岡山・66期）

⑥ 久冨　武（岡山・79期）
⑦ 望月　永悟（静岡・77期）
⑧ 島田　竜二（熊本・76期）
⑨ 吉田　敏洋（愛知・85期）
（並び）①⑦、⑥⑤⑧、②④、⑨③

2車単の人気は吉田―有賀の⑨―③が一番人気。次が丸山―望月の①―⑦に岡山ラインの⑤―⑥、そして近畿《きんき》ラインの②―④だった。

初日、二日目を見た印象で、私は中部ラインを捨てることにした。主導権は岡山勢に島田が続く西ラインと読み、丸山―望月、布居―金田が好機に捲る展開で車券を考えた。丸山でも布居でも捲ってくれれば星島太が捌《さば》く。外に持って行くにしても星島は苦しくなる。止められた丸山、布居も失速しよう。久冨も星島が付けば踏むはずだ。そこで3連単は先行、自力型をすべて捨ててみた。吉田―有賀の中部勢は初手から捨てているから残ったのが、金田、星島、望月、島田の四人になった。

④⑤⑦⑧の3連単のボックスを買い、島田の二着、三着付けを流してみた。

レースがはじまり打鐘前で岡山勢が出た。中部勢が様子を見ているうちに丸山が四番手を取り、布居が六番手になった。⑥⑤⑧、①⑦、②④、⑨③で最終2コーナーを回り、バックで丸山が捲った。それを星島がブロックし、丸山は失速。望月は外を並走で直線に入った。久冨がタレ、星島の脚が一杯になった。島田が三番手から踏んだ。望月との勝負と思っていたら中を割って金田がえらい脚で突き抜けた。

一着金田、二着島田竜、三着望月永。④⑧⑦である。

――あれまあ？

配当が出た。15万1880円。

――あれまあ！

その金を明日《あした》の宇都宮記念のどこかのレースに入れるつもりだ。結果はどうか？

宇都宮記念の最終日は後閑信一と吉岡稔真のレースを勝負してみようと思ったがレース展開が読めず、少し遊ぶだけにした。優勝戦も武田豊樹の走りが読めないのでよした。

神山が素晴らしい脚で九十回目の記念制覇をした。たいしたもんだ。

絶対できると思ってる仕事が
遅れる。〆切りをとにかく守れない。
簡単だった。
愛ちゃん
私、この仕事
明日までに
できると
思う？
できませんね
わからない事は人に聞け

美しい目

オークスをシーザリオが見事に勝って、今週はダービーだが、ディープインパクトの無敗の制覇がなるかと話題である。

競馬だから絶対はないのだが、それでも近年、登場しなかった素晴らしいサラブレッドであることは事実だ。

このことは以前にも書いたが、テレビで最初にこの馬を見た時、

「なんて目の綺麗《きれい》な馬なんだ」

というのが第一印象だった。

サラブレッドというか馬の目は動物の中でもとりわけ美しいのだけど、ディープインパクトの目の美しさはどこか違っているように思える。

先日、武豊騎手と電話で話した時、

「あの馬は目が綺麗だね」

と話すと、武騎手も同じことを思っていたようだ。

無事に走ってくれればいいがと願っている。

目が綺麗といえば女子ゴルファーの宮里藍《あい》ちゃんの目も綺麗だった。

ハワイのレストランで逢《あ》った時、挨拶《あいさつ》して、私を真っ直ぐに見た目の美しさにどぎまぎした。

――この目なのかもしれない……。

とその時、彼女の強さとギャラリーを引きつける人気の理由をそう感じた。

ヤンキースの松井秀喜選手の目も近くで見ると、女性の瞳《ひとみ》に似たところがある。

別にヨイショしてるわけじゃないが、この連載のさし絵を描いて貰《もら》っている西原画伯の目も美しい。

まだ言葉さえも交わさなかった頃、雀荘《ジャンそう》の片隅で打っていた画伯を見て、

——なんて可愛い目をした人なんだろう……。

と思った。あとから彼女の作品を読んで、美しさの理由がわかった。

——いつまでも清く美しく生きて欲しいものだ。

と以来願っているのだが……。

目は口ほどにものを言い、という格言があるが、目は本当に言葉を持っているようだ。

私などは鏡に映った自分の目を見て、どうしてこんなに汚れているのだろうか、と情無くなる。

眼球が汚れてるんだナ。取り出して漂白剤か何かに少し漬けておくといいのかもしれない。

犬の目というのも、あれは可愛いものである。

夜中に一緒に寝ていて、私がごそごそしはじめると、犬も起き出し、眠たそうな目で私を見ていると、これがなかなかよろしい。

先日、松戸競輪で二日間、開催された全プロ記念・ワールドGPというわけのわからな

い名前の競輪があったが、その決勝戦で外国人勢の並びが、レース前と本番の並びが違うということが起きた。

競輪の並びがレース前と違ったり、前日の選手のインタビューと異なることはままあるのだが、それでもこの時のレースは一番人気の車券にかかわることだったのでレース中にスタンドが騒いでいるのがテレビでもよくわかった。3連単も一億以上の売上げをしていたから、客が騒ぎ出すのもわかる。

結果、レースは展開で一番人気は崩れてしまうのだが、客の方は納得できなかったのだろう。かなりの苦情が競輪場に集中したし、各新聞にも抗議の電話があったらしい。

それを聞いて、私は思ったのだが、競輪もそろそろ並びのデモンストレーションを廃止したらどうなのだろうか。客の方も選手の実績、レースのやり方を記憶して、こういう並びになるのではないかと推理するところから車券を選択してはどうなのか。

——それじゃ競輪が、レースがどうなるかわからない。

そう言われるかもしれないが、数ある公営ギャンブルの中でひとつぐらい高い知識と推理を必要とするギャンブルがあってもいいのではないかと思う。

そうなると選手の方もしっかりレースについて組立てをするだろうし、選手の判断能力が問われて面白くなる気がする。

このことは競馬にも言える。

ともかくＧＩレースになると情報が多過ぎて、いったいどの馬が強いのか客は迷ってしまうし、予想の文章というものは、或《あ》る種詐欺の要素を含んでいるから、あとから読むと、こんなハッタリをよくここまで書いたものだと呆《あき》れてしまう。でもそういうことが予想であって、ギャンブルの担当記者という人たちはそんな日々を送っているから、どこか怪しい雰囲気になってしまうのだ。職業病ですナ。

先日、ケント君と川崎競馬に出かけて、いっさいの予想紙を見ないで打ったら、これが結構面白かったし、勝つ馬からそれなりの何かが発信されているのだとあらためてわかった。

情報過多は人を迷わすだけで、自分の目で、判断でギャンブルをするのが本来の姿なのだろう。

それで負けるなら納得がいくというものだ。

予想記者のツキに乗って馬券を買うことは悪いことではないし、人のツキに乗ることはギャンブルにおいては大切なことだが、それでもギャンブルはどこまでいっても〝一人遊び〟なのだから、一人で打つべきだ。

今回のGPシリーズのレースを見ていてあきらかに途中から勝つことをやめている選手を何人か見た。

私も見ていて、これはあきらかに勝負は終わったという選手はいたが、それでも最後までしっかり走るべきである。それを平気でやめる選手がいるのは事実で、このあたりをしっかり指導できない競輪選手会が問題なのである。このような選手会がなぜ長く存在しているのかも、私には疑問で、選手が委任状一枚で自分たちの将来を委《ゆだ》ねているというのも、馬鹿もほどほどにしなさい、と言いたくなる。

私はそろそろ競輪の経営、運営を民間に委託するべきではないかと思う。そうすれば今の無能な連中よりはるかにいい競輪ができるのではないか。

最近NHKに出入りしているが
巨大な生徒会にいるよう
な気がする。
シブヤ近いし、みんな下校中
狩られそうで心配だ。

スジを通す人

まあそれにしてもケタ外れの能力を持った若馬である。ディープインパクトだ。

何年かに一度、こういう素晴らしい馬が競馬ファンの前にあらわれるから、競馬と馬券で遊ぶことは長く人気を保っているることができるのだろう。ダービー当日は湘南《しょうなん》の方に朝早く出かけて、ダービーがはじまる時刻には東京に戻ってきた。

テレビを点《つ》けてパドックを見ると、ディープインパクトは後脚を撥《は》ね上げてえらく気合いが入っている。

その度にパドックスタンドから、オオーッとどよめきが上がる。

単勝支持率が73・4%で配当が110円というダービー史上最高の支持である。その馬がレース直前に目の前で飛んだり撥ねたりすれば誰だって驚く。

馬がまだ若いのだ、と見ていて笑いそうになった。かたときも静かにしていない。気にかかるものがあればそちらをむいたままで、足元に何か石でもあったらどうするんだろう、と思ってしまう。

しかもダービーに出走している十八頭の中で、一、二番目に馬体がちいさい。ここ二十年くらいの傾向としてサラブレッドの馬体はどんどん大きくなっていて、その大きさがスピードを生むという定説ができていた。

私は名馬の大型説にはいささか不満を持っていた。大きな馬は当然足元に負担がかかり故障が多くなる。馬高が高くても名馬はすっきりとした体軀《たいく》をしているものだ。

そうした時にこの馬の出現である。

ヒーローが大柄でないのは人間社会でもそうである。返し馬に入っても、ちっとも落着かない。この様子を双眼鏡か何かで見た穴党の中にはディープインパクトを馬券から外した者も多かったのではなかろうか。

スタートは予想どおり出遅れた。最後尾から三、四頭目だ。武豊騎手は少しもあわてていない。

そりゃそうだろう。捲《まく》り脚と直線の爆発力にかけるしかない。

——けどこれで勝ち切るもんなんだろうか？

そう思って見ていた。

3コーナーで外に持ち出したが、

——外に振られるんじゃないか。

とも思った。

ところがコーナーを回ってくる時の馬のバランスの良さとスピードはまるっきり違っていた。

——オイオイ、これで脚を使い切ったんじゃなかろうな。

ナニがナニが、直線の残り400メートルで武騎手が押し出すと加速するのなんのって、

いやはや驚いた。

ディープインパクトだけが違う種目の競走をしているようだった。

ギャンブルでいうと頭が決まっていてヒモを探す賭《か》け方は、買い目がひろがらなくて済むし、絞って買えば勝ち分も計算できるから打ち易い。

ひさしぶりに売上げも伸びるかと思ったが、そうJRAが望むようにはならない。新馬券を発売して、馬券が的中し辛《づら》くなったからだろう。それと世の中の金が違う方にまわりはじめているせいもある。

競輪の方は新車券を発売した上に肝心のスターがいつまで経ってもあらわれないので客は減る一方だ。

競輪のスターが輩出しないのは競輪学校の教育法に問題があるのか。そうではなかろう。競輪がハングリースポーツでなくなったからだ。

では今世の中にハングリースポーツがあるのか。ボクシングくらいだろうが、どうもスポーツそのもののせいではなく、日本人が皆裕福になって死ぬ気で踏ん張る必要がないのが闘争心を失わせたのだろう。

――皆裕福になった？　本当かね。

まあたしかに貧乏を苦にして一家心中をしたという話は何年も耳にしない。むしろ馬鹿息子に馬鹿親がいくらでも金を与えて阿呆《あほう》にしてしまう話ばかりが聞こえてくる。

少女を監禁していたりする若者はすべてこのタイプだ。

王子様と呼べ、とはどういうことなんだろうか。酒を飲み過ぎて自分の名前もわからなくなった者が、王子様と呼べ、というなら話はわからんでもないが、素面《しらふ》の者が口にしたのだからな……。

私が奇妙に思うのは、監禁された少女の家庭なり親がどうして黙ってるのかということだ。普通の親なら王子様とその親（王様になるのか？）をとっ捕まえて奴隷にするのが通常の行動なのではなかろうか。

昔、私の妹が近所の悪ガキにいじめられた時、それを母が父に報告すると、父は私を呼びつけて言った。

「おまえは何をやってんだ。妹がやられたというのにどうして仕返しに行かないんだ。二度と相手が悪さをしないように徹底的にやってこい。それまで帰ってくるな」

私は仕方なく妹に相手が誰かを訊《き》いた。年上の悪ガキである。私は小学の五年生で相手は中学生だ。しかも柔道を習っていた。

——このまま家を出るのも悪かないかな。

と思いながら家の中にある適当なコン棒や鉄材を探したりした。ともかく一撃でやらないとこっちがやられる。ハンマーがあったが、これでは死んでしまう。すると木刀が見つかった。庭の柳の木にむかって殴る練習をした。

「ワカ、何をやっとるんです？」

家の若衆が訊いた。

事情を話すと、ニヤリと笑ってからいろいろ喧嘩《けんか》のやり方を教えてくれた。

「やっぱ不意打ちですよ。それと血を流させりゃ、それで片付きます」

「それでもむかってきたら」

「死ぬ気でやるんですな」

そう言って若衆は遊びに行った。

子供の喧嘩だから助《すけ》っ人《と》もしようとしない。

不意打ちは功を奏したが、あとで仕返しをみっちりされた。でもそれっきり妹はいじめられなかった。

その父が逆上した時の口癖が、おまえたち皆殺しにしてやる、だったが、こういう家庭から文学者は出ないわナ。その父が八十八歳になった今年、右肩の筋《すじ》肉が老化し右手が上がらなくなった。父は医者に手術をして治せと言い張っている。無理だと言う医者をヤブと呼ぶ。

こういう人をスジを通す人というのだろうか。

最近疲れがとれない。だるい。
やる気がしない。きって私の体
が遭難してるにちがいない。
チョコをむさぼり食う私。
更年期とかー
ちがう。遭難だ。ビバークだ。

深夜の絶叫、マズイナ

二ヵ月に一度、M先生の授業を聴きに山口の小郡《おごおり》の町に出かける。羽田空港から宇部《うべ》まで飛行機で行き、そこからバスでむかうのだが、その日乗った飛行機が着陸態勢に入ってほどなく滑走路かという時に急上昇した。

——おっ何があったんだ？

私も驚いたがスチュワーデスも少し驚いた顔をしていた。

上空に戻ってから機長のアナウンスがはじまった。

機体の故障を報《しら》せる警報装置が点滅していたので着陸を中止した。今点検中だから待って欲しい、ということだった。

機内が少しざわついた。

隣りの席に座っていたオヤジが、

「大丈夫ですかね？」

と訊いた。私に、大丈夫かと訊かれても、大丈夫だ、こんなのは日常茶飯事で、昨日と、一昨日《おととい》もあったよ、とは言えないだろう。

三〇分余り上空を旋回し、点検が終わって着陸しはじめた。

飛行機が滑走路に降り立った途端、機内から一斉に吐息が洩《も》れた。

——皆、不安だったんだな。

空港からバスに乗って小郡の町にむかっていると看板が目に止まった。

WINSがオープンとある。JRAがここまで来たのか。

——これは丁度いい。安田《やすだ》記念を山口で打つか。

授業が終わって車で湯田《ゆだ》温泉にむかう。遊び好きそうな運転手だったので山口県の競馬の人気を訊いた。

「いや、ダービーはえらい人の数が入場して、わやじゃったらしいよ。三千人を見込んどったら二日で一万人を超えた言うんじゃからね」

「ほう、やるもんだな。長州人《ちょうしゅうじん》も」

それにしてもJRAも積極的だ。これまで山口の競馬ファンは関門《かんもん》海峡を越えて小倉競馬場まで馬券を買いに行かなくてはならなかったのだから、競馬ファンは嬉《うれ》しいだろう。場所さえ用意してやればまだまだギャンブルは続くということか。

競輪の方はまだ都内にまともな売り場がひとつもない。ラ・ピスタ新橋《しんばし》も会員制というややこしいルールにしてるから行く気もしない。

湯田温泉に着いて一人で食事に出かけた。カウンターだけの店で味もまあまあ。一見で見つけた処がいい。

一人でやっていたら隣りから聞き慣れた名前が出た。

「じゃから村上が巻き返すって」

「いやまだ復調しちょらんらしい」

「今回は東日本じゃろう。伏見、佐藤、岡部が皆順調じゃからの」

「わしは吉岡を狙うな。あいつは大津《おおつ》のバンクは得意じゃからの」

山口訛《なま》りで競輪の話を聞くのはひさしぶりだ。高松宮記念杯の話題だ。

——明日も授業があるが、早目に切り上げて防府《ほうふ》競輪で宮杯を打つか。うん、これは名案かもな。

翌日の授業は先生が元気で結構長引いてしまった。

小郡から新幹線で博多にむかう。

途中、山陰から競輪場のあたりが見える。残念だな。そうしているうちに次は小倉、とアナウンス。

——そうか、小倉で降りて少し打ってみるか。

しかし途中下車しても11レース、12レースしか打てない。ここも我慢だな、と言い聞かせ博多に入った。

ひどい二日酔いで長崎行きの電車に乗り込んだ。昨夜は博多で飲み過ぎてしまった。

酔ってへべれけで床に寝ていたのだがおかしな夢をずっと見ていた気がした。

「そんなしないで下さい、夫に叱られますから……」

とか、

「萌《も》え〜る、萌え〜て」

とかわけのわからない夢だった。

目を覚まして夢の理由がわかった。

寝る前にホテルの部屋のAVビデオを点《つ》けてボリュームを一杯にしてから倒れたらしい。人妻の絶叫で目覚めて、水を飲みによたよたバスルームに行った。戻ると部屋には絶叫が響き渡っていた。

声のすさまじさにテレビを消した。

――両隣りの部屋で休んでいた人は、私の部屋から一晩中聞こえた艶声、絶叫をどんなふうに思っただろうか……。

時計を見ると電車の出発時刻が迫っていた。その電車に乗らなければ長崎でのトークショーに間に合わなくなる。急いでシャワーを浴びて着替えを済ませて駅にむかった。

特急かもめに乗り込み長崎へ。鳥栖《とす》、佐賀、肥前鹿島《ひぜんかしま》……、途中から有明海《ありあけ》が見え、なかなかいい路線だった。客室乗務員さんも美人で、車輛《しゃりょう》に客は私一人。できればずっとそばに居て話し相手にでもなって欲しい。

そんな魂胆があったわけではないが何かのきっかけで話をした。そこに男の車掌がやってきて私を睨《にら》み付けた。感じが悪い。

ひどい二日酔いだったので彼女が車輛に来る度に水やらアイスクリームを買った。そこで何となく話をする。そこに男の車掌が来る。どういうことなんだろうか。

無事、長崎に着き、チャンポンを食べてからトークショー。長崎県美術館の会場は満杯で立ち見まででていた。

私の話を聞いて何が面白いのかと思うが、まあ何とか話を終えた。

ホテルに戻り、高松宮杯競輪の予想をするが現場に行ってないので、勘が働かず。予想をしていても当たる気がしない。これでは読者に済まない。どうすればいいものか。迷いながら予想を終え、長崎の夜の街へ。ミス長崎の現役と古株もいてなかなか楽しい夜だった。現役の方は雀荘《ジャンそう》で働いていたことがあり、客の代打ちもしていたという。

人は見かけではわからぬものだ。

翌日はパサージュ琴海《きんかい》というゴルフコースで一日プレーを楽しむ。

この日が宮杯の決勝戦。ボールを追い駆けながら、どこか打てるレースを探すが、決勝戦まで勝負レースはなかった。結局、ひやかし程度にしか打てず。

優勝は村本大輔。武田が先行することはまずない、と思っていたのだが……。さて困った。今後、武田車券を買えるか。買えそうもない。

安田記念も荒れたようだ。

荒れる日は荒れるものだ。ゴルフも荒れっ放しだった。

長新太さんの個展に行って
カットを購入。
ぽん太
大先輩で大好きな人だが
何とゆーか、思うより
自分でかいちゃった
方がはやいかも。

スポーツは甘い

週末、ワシントンDCでボクシングのヘビー級、ノンタイトルマッチが行なわれた。元アイルランドヘビー級王座のケビン・マクブライド。このボクサーを私はまったく知らないし、アイルランドのヘビー級チャンピオンがどのくらいの実力を持っているのかもわからなかった。

対する相手はマイク・タイソン。こちらはよく知っている。知っているどころかタイソンの復活劇を見るために四度に亘《わた》ってアメリカまで試合の観戦に行った。

勝った試合は一試合だけ。あとは無残に敗れたものばかりだった。

一番の好カードはテネシー州メンフィスで行なわれたレノックスとのヘビー級王座をかけた試合である。

刑務所に服役中であったことや、記者会見場での暴力沙汰《ざた》でこの対戦が実現するまでに二年余りの歳月がかかった。

2002年、私は日本からこの試合を観戦すべく飛行機に乗った。

初めて行くメンフィス。あのエルビス・プレスリーで有名になったロックンロールの街である。

空港に着いた途端、田舎の空港に何機ものプライベートジェット機が停っていた。このジェット機の持ち主がすべて、このゲームを観戦しにきている。ボクシングの、それもヘビー級のチャンピオンを決める試合は世界でナンバーワンの格闘家を決定する試合であるのをファンはよくわかっていると思った。

ボクシングはヒーローが出ると、世界中が注目するスポーツだ。その証拠に全盛期のタイソンを知っているタイソンの熱狂的なファンがアメリカには大勢いる。

かつてモハメッド・アリが全盛の時、その試合のテレビ中継をアメリカをはじめ大国では放映しなかった。ファンはこぞって高いチケットを買い求めラスベガスにむかった。

その時、一人のボクシング狂の俳優がいて、彼は飛行機でパリからパナマまで行き、そのホテルにテレビを三台備えつけさせ（一台目、二台目が故障するといけないので）、テレビ観戦し試合が終わると、すぐにパリに戻ったという。

その俳優は、ジャン・ポール・ベルモンドである。本当かって？

本当です。私、本人から聞いたのだもの。

それほどボクシングのヘビー級王座戦は魅力がある。

メンフィスの街に前日に入った私はコーディネーターとずっと連絡を取っていた。リングに近い席のキャンセルが出ないかを待っていたのと、予約待ちの席の値段が下がるのを期待していた。

私は勿論《もちろん》、取材で出かけたのだが、取材に行く条件は〝タイソンの汗が飛んでくる距離のシートを用意してくれること〟だった。

その条件にかなうシートは値段が高いので千五百万円とふっかけてきたらしい。そこまでいかなくともと妥協していた席でもまだ三百万円近かった。

夜、酒を飲みに出ると、街はもうチャンピオン戦一色で、いろんな人種が集まっていた。

どこに行ってもレノックスが勝つか、タイソンが勝つかである。

前日のブックメーカーのオッズがレノックスの1に対してタイソンの2・5くらいで、それが当日になると1対1・8までタイソンが盛り返した。

タイソンの根強い人気にあらためて驚いた。

試合当日はメインイベントの前に十試合くらいが組まれ、午後一番から前座の試合がはじまる。

しかし前座を観に行く人はほとんどいない。関係者とよほどの暇人である。ミシシッピ河沿いにある大きなコンベンションセンターには三時間くらい前から客が並びはじめ大変な混雑だった。

最後、試合開始前十五分でまだ客が千人近く入場できず、とうとうゲートを破って皆がなだれ込んだ。それでも暴動にならなかったのは、リングの中で行なわれる対戦の方が生半可な暴動より迫力があるのをファンがわかっていたからだろう。

試合直前、タイソンが入場した。

私はタイソンの表情を見て隣りに座ったカメラマンに言った。

「今、ここで賭《か》けることができるなら、百万ドルでも百億でもレノックスに賭けるんだがな」

「えっ、タイソンは負けますか？」

「わからないが、賭けるならタイソンはよすね」

それでも私はタイソンが好きだからきっと賭けはしなかったろう。
試合は1ラウンドだけがまともであった。あとはワンサイドになった。タイソンの身体はもうヘビー級の試合に耐え、勝ち切るものが失《う》せていた。TKOでマットにしゃがみ込んだタイソンは哀れだった。
それと同じような、もっと哀れな写真が週明けのスポーツ紙の一面を飾っていた。リングにへたりこみ、ロープに背を凭《もた》れた元チャンピオンはすでに過去の偶像でしかなかった。
彼のファイトマネーが五億四千万円。そのうち自分の手に入るのは二千七百万円だという。ほとんどは借金に回る。借金は四十三億ぐらいあるらしい。えらい借金だって？
では全盛時の彼の金の使い道を書いておく。
家（三軒）の維持管理費　二億九千万円
個人出費　九億円
訴訟示談金・罰金　五億五千万円
弁護士費用　五億三千万円
トレーニング費　七億九千万円
自転車・バイクなどの出費　七億二千万円
ペット飼育代　五千万円

会計・経理費　一億二千万円
治療費　一億三千万円
贈答品　一億二千万円
旅費・その他　一億四千万円
合計　四十三億四千万円（95～97年）
ペットの飼育代が五千万円ですぞ。ホワイトタイガーも金がかかる。
私はこういう金の使い方を尊敬してしまうし、憧《あこが》れる。
これでいいんですよ、スポーツマンの金の使い方は。そうそうタイソンが言っていた。
「ボクシングがスポーツだって？　馬鹿を言うな。そんな甘いもんじゃない」

岩井志麻子ちゃんとフツーに
ちんこの話をしながら飲んでたら
知らぬ間に大泥酔
すぎ
40にもなって
昼すぎまで
ゲロはき
ごめんね志麻子ちゃん。
私ちんこに関してはフツー
みたい。無理してた。
あと、あんた名前 岩井志満子にかえろ。

何もわかっちゃいないのに

右足首を捻挫《ねんざ》してから松井秀喜選手が急に打ちはじめた。それ以前から少しずつバッティングの調子は上がっていた。当人もそのことを言ってるが、やはり右足の怪我がバッティングフォームを微調整させたのはたしかだろう。一番はバッティングの始動の力が抜けた点だ。二番は身体が前に突っ込まなくなった。これがボールを見る目をやわらかくしたのではないかと思う。

野球のバッティングでもゴルフのスイングでも、仕事をするんでも（小説を書くのでも）力をいかに抜くかが難しい。

ここでいう〝力を抜く〟とは、だらりと抜くのとは違う。力みを取るというのに近いかもしれない。人は何かを懸命にやろうとすれば、どうしても気負ってしまう。気負いは身体も頭の中も固くする。

人はたったこれだけのことが上手《うま》くできなくて苦労する生きものなのだろう。

松井秀喜選手ほどのバッターでもこれができないんだから、スポーツは厄介である。その厄介をこともなげにやれるから名選手は好プレーをし高収入を得ているのだ。

投げたボールをバットの芯《しん》に当てればだいたい打球は勝手に飛んで行くものである。ことさら難しく考えるものではない。ここ最近になってイチローがバッティングのことで観念的なことを話しているが、聞いていて何を言ってるのかさっぱりわからない。話している当人も何を言ってるのかわかっちゃいないんだろう。

彼には実績があるからまことしやかに聞こえるけれど、鵜呑《うの》みにして聞く方も聞く方で、ゴルフの宮里藍がイチローの本を読んで勉強になったと言っていたが、それほどのものではあるまい。

別にイチローを悪く言ってるのではなく、今の実績くらいでなんやかや口にしてはあかんということなのだ。四割打てるか？　そりゃすぐに打てるわけはない。テッド・ウイリアムズが最後に四割を打った時とメジャーの野球はまるで違うものになっているからだ。それでも打てば本当に天才なんだろうが、彼には四割打者に必要なものが欠落している。

――それは何かって？

いずれ話したい。

野球は個人の成績を競い合うスポーツではない。チームがひとつになって（チームの前にまず個人なんて当たり前のこと）勝利にむかい、勝つことを競うスポーツである。だから人間が、個人の姿勢が大事になるのだ。このあたりのことはボンズも、マグワイアも結局わかっていない。

或《あ》る雑誌でイチローと名人と呼ばれる天婦羅職人が同じだと書いてある文章を読んだが、天婦羅揚げるのに何で名人が必要なのかわからないのと同じくらい、投げたボールを打つだけのバッティングにどうして名人なんて表現が出るのかわからない。イチローがどんな人間かは本人に逢《あ》って話してみればわかる。かくべつ何かがある若者ではない。野球を懸命にやってる若者で、自分のことを天才だと思い込んでる若者だ。そんな若者が一人の青年として面白いわけがない。

まずは青年らしさでしょう。だって青年時代は一度きりしかないのだから。青年とか、友情とか、悩みとかを普通に味わわなきゃ、つまらないでしょう。

今日（6月19日）、富山競輪の記念二日目で吉岡稔真が先行した。最後は抜かれたが、いやひさしぶりに吉岡が先行するのを目にした。吉岡が登場し、先行してどんどん強くなり、王者、天才と呼ばれ、気付いたら捲《まく》ることしかできなくなり、長い低迷期を過ごし、その間に持っていた天賦の資質の大半が失せてしまった。勿論、怪我もあった。一番は精神的な問題だった。失ったものは仕方がない。二度と戻ることはない。しかし今日の先行を見ていて、吉岡は成長したんだな、と思った。まだずっと走れる気がする。

同じ日の午後に日本の男子と女子のゴルフトーナメントのテレビ中継を観たが、男子ツアーに関してはトーナメントを開催するゴルフコースがやさし過ぎる。丁度、同時期にアメリカ東海岸、ノースカロライナにあるパインハーストリゾートNO．2で開催されている全米オープンの中継を観ていたせいかもわからないが、ここ数年の日本の男子プロの最終日、優勝争いを見ていて（ほとんど外国人が勝つのだが）、デッドヒートなんて言葉を使うテレビに身を乗り出すような戦いがまるでない。

そう考えると尾崎将司は本当に素晴らしいプレーヤーだったのだと思う。あれじゃテレビが中継しようにもドラマがないのだから人が見るわけがない。

それにアナウンサーのレベルもひど過ぎる。ああして必要以上に盛り上げなくてはならないのだろうが、見ていてしらけてしまう。

それに選手はもっと練習しなくてはどうしようもないだろう。肝心な時にベストショットを見せてくれなければ何のためのプロなのか。

これは麻雀《マージャン》のプロが今衰退したのと同じで、確率で麻雀を打ちはじめてから、アマチュアが見ていても面白くもおかしくもない。あの打ち方なら頭の回転がいいアマチュアならすぐに体得できる。そうじゃなくてプロにしか打てないものを見せるのがプロだろう。

このタイトルを見ると若、貴の兄弟争いの記事をどこでもトップで扱っている。

いったい何を争ってるのかわけがわからない。遺産相続？　聞けば五億くらいだろう。タニマチの誰かがもう五億出してやれば一件落着ではないのか。マスコミのいい餌食《えじき》だ。

同じように昔、名横綱の双葉山が新興宗教のことでスキャンダルを起こしている。

この兄弟喧嘩《げんか》の根本問題は相撲に対する考えの違いで、弟はガチンコで相撲はやるべきだと思い、兄は手ごころ加えて相撲はやるものだという違いだ。どちらが正しいか？　どちらも間違っている。正しい相撲はお客さんが喜ぶ一番をたくさんやること。なら八百長が許されるか？　君ね、本気でやったら十五日間も相撲とれる力士は一人もいなくなりますよ。プロレスとか、政治家とか、宗教家とか、ちゃんと見習わないと。

ともかく喋《しゃべ》らないこと。日本語をきちんと使えないんだから。

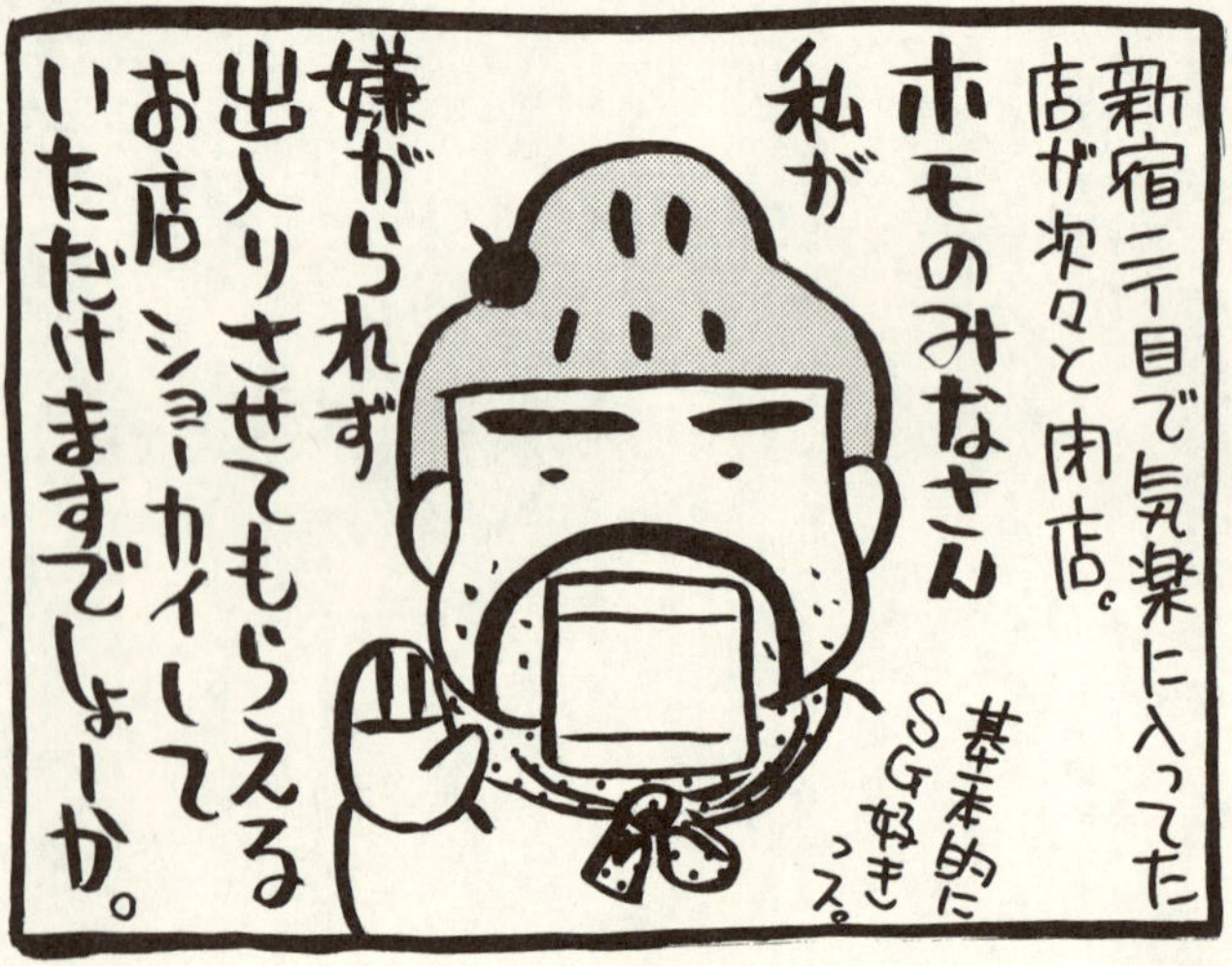
新宿二丁目で気楽に入ってた
店が次々と閉店。
ホモのみなさん
私が
嫌がられず
出入りさせてもらえる
お店ショーカイして
いただけますでしょーか。
基本的に
SG好きっス。

数字に強くなくては

ギャンブルに強くなりたければ、いくつかの能力が必要になる。

一番大切なのは胆なのだが、これは鍛えていけば少しは強くはなるが、元々、その人が持って生まれたものが大きい。

胆が太いというが、これは血というか、DNAの問題だろう。

二番目はギャンブルを飯を喰《く》うがごとくに当たり前のように打てる体質かどうかという点か。

三番、四番はいろいろ考え方で順列があろう。

その中で今回は、ギャンブルの肝心のひとつ。数字に強いかどうかを話したい。

ギャンブルが強い輩《やから》は総じて数字にもすこぶる強い。暗算なども速いし、正確である。

自分が賭《か》けた金と、それで得る金の計算が一瞬のうちにできる。

これまでに逢った中で私が一番驚いた数字の強いギャンブラーは老車券師だった。

当時の競輪は締切り三分前になるとオッズ表示は消えて発売された投票数だけにかわる。

この投票数を見て、総投票数と狙った車券の投票数から一瞬のうちに配当金を割り出すのである。総投票数から25％を引き、狙い目の投票数のいく通りかの配当金を出す。しかも当時は配当が１３０円か１４０円かの10円の差で勝負をする、しないの客がいた時代だ。その老車券師には若い時からの慣れも勿論《もちろん》あるが、生まれついて数字に対しての能力が並外れていたのも事実だろう。

さて今回は競輪のデータについて少し話そう。

今年六月までの各選手のデータがスポーツ紙に発表された。〝S級上位156選手データ〟というものだ。

ここに記してあるデータは出走した特別競輪、準特別競輪、記念競輪、S級戦などすべてのレースの出走回数、一、二、三着と着外の回数、レースでの棄権、失格、重注、注意の回数と失格点の累計である。

このデータから何がわかるかというと一着の回数と二着の回数の比率。これで先行選手ならどんな走りをしたか、力はどの程度かがわかる。捲り選手でも二着が多い選手はどんな走りをするのかが見えてくる。

と同時に競輪というものが圧倒的に先行選手が勝つ確率がいいこともわかる。たとえばそのデータでS級上位の中で一着が一番多いのは武田豊樹と稲垣裕之《ひろゆき》、金子貴志、海老根恵太、山崎芳仁の先行、自力型である。

二着までの回数では（出走回数にもよるが）なんと手島慶介が断トツで、有坂直樹、武田豊樹、金子貴志らが続く。手島の前期の活躍は群を抜いていたことになる。

さて面白いのは三着までに入った回数だと、一番は手島だが、小倉竜二は3連対率が65・8%と、いかに堅実な走りをしているかがわかる。これは小野俊之、佐藤慎太郎もほぼ同じ数字だ。

三着だけに限って見ると、小野俊之、鈴木誠、山口幸二、川口満宏、村本大輔などが多い。やはりマーク屋が多い。この三着の数を下位の選手で見ると、松坂英司、佐々木健司、冨田卓、森下太志、中村淳《じゅん》、戸邉英雄が多い。あきらかに三着に突っ込んでくるタイプだ。

そんなデータを見ながら、丁度、ふるさとダービー弥彦《やひこ》がはじまったので参照してみた。

あまりデータには嵌《はま》らない。

――やっぱりデータはあてにならないということか。ナンノコッチャ。

基本的に数字に強くなければギャンブルは生半可なものになる。

よく買った投票券と配当の関係がわかってない人がいるが、そういう人は大金を賭けてはいけない。

間違って大金を取り込んでしまって、あとの人生がおかしくなる。

競輪にしても、競馬、競艇、オート……、そしてバカラ、ルーレット、ブラックジャックにしても瞬時に賭けた金と得る金、損う金の計算ができていないと話にならない。

ここでいったん原稿を置く。

ふるさとダービー弥彦の準優戦を電話投票で打つからだ。

9レース、②④⑥⑧の3連単ボックスを買った。ゴール入着は⑥⑨⑧②で、⑨が①と⑥をゴール直前で転倒させたので審議である。⑨が失格なら⑥⑧②は50万近い配当である。

――セーフでした。

⑨か④か迷ったが、並びが①のうしろだったので①がレースをこわすタイプだから外した。⑥⑨⑧は31万9880円でした。

――まあそんなもんでしょう。

仕事をする気がなくなったので、また筆を置く。

準優戦が終わって、スポーツ新聞の予想をはじめた。難解なレースだ。なぜ難解か。武田豊樹の走り方がまったくわからないからだ。

それでも弥彦は500バンクと同じと考えて、宇都宮記念の脚をもう一度で神山から買うことにした。スポーツ紙なので穴予想もなかなかできない。レースが読めない時こそ3連単の三着狙いが面白い。このメンバーで三着狙いは豊田知之と竹内智彦だ。でもそれも買い目が増える。

結論は神山—室井に三着が小野、竹内で3連単の四点買いにした。

翌日は打ち合わせで上京しなくてはならなかった。前夜から寝たらずの移動になり、珍しく電車で一時間余り寝入ってしまう。

——イカン、イカン、買いたいレースが終わっちまってる。

電話のある車輛《しゃりょう》に行った。

新幹線の電話で競輪を打ってる客も私一人くらいだろう。

ところが打ちはじめるとトンネルに入った途端、回線が切れた。せっかく打ったのをまた最初からやり直しだ。打つ、トンネル、切れる、打つ、トンネル、切れる、いい加減にしろよ、と席に戻った。

東京に着き、ラジオ局にむかうまでのタクシーの中で決勝戦を打つ。ところが急いで打ったので買い目をすべて記憶していない。3連単の⑧①④が少しあるように思うが、五時を過ぎていたのでたしかめようがない。明日まで待つか。待てよ、私って結構、数字に弱いのか。

仲良し主婦が遊びに来たおり
フツーこうゆう時 洋菓子だと
思うんだが するめ持ってきてくれて
それを
ばーさんが
毎日
少しずつ
焼いて
食卓に。
くさいんだよ家中。

ニューヨークでどアップ

ふるさとダービー弥彦の決勝戦の車券は、豊田知之の三着付けで打った3連単電話投票が少し引っかかっていたようだ。

それにしても決勝戦本番はラジオ番組の収録があってレースを見ることもできなかったし、その上ラジオ局にむかう車の中であわてて電話投票をしたものだから何を買ったかも（本線の車券は記憶していたが）すべて覚えていなかった。

ともかく豊田の三着付けの3連単の一、二着の流しをどの選手を抑えたかが思い出せない。

番組が終わったのが六時過ぎで、この日はナイター競輪をどこもやってなかったので、すでに電話投票センターが終了していた。

——どうも⑧①④は抑えてないんじゃないかな。うん、たぶん抑え切れてない。

そう結論を出して飲みに出かけた。

翌日、二日酔いの頭をかかえて東京のスポーツ新聞の本社に行き、そこで朝放映の前日のレースダイジェストを見ることにした。時間がきて電話投票センターに残金を聞いた。

——おや、まあ、これでフランスに行って少しカジノで遊べるわい。とんだことで。

ところが金を移そうにも相方の男は、雷蔵ですが、（共同で使ってる口座でして）すでにその日の朝、ロスアンゼルスにむかってしまった。

——まあいい。ともかく使い過ぎるなよ、と言っておけばいい。

少々祝杯ってことで、その夜と翌夜、クラブ活動にいそしんだ。

結果、えらい二日酔いでニューヨークにむかうことになった。

今回の旅はいささか長い。五十日前後になりそうな気配だ。地球を一周するのだが、暑い土地と寒い土地があり、その準備が大変だったため、すべて現地調達ということにする。

飛行機の中では食事もせずに十時間余り眠りこけていた。目覚めて二時間後に着陸で、そのままロングアイランドの一番先端にあるシェルター島にむかう。

ロングアイランドのまた先にある島で、最後はフェリーで渡る。

少し説明しておくと、ニューヨーク市の中心があるマンハッタン島に隣接しているのがロングアイランド島でブルックリンとかクィーンズという地区があるのがロングアイランドの西端で、私がむかって行ったのが東端である（わからないよナ）。

何か目的があってこの東端の島に行くのではない。いきなりニューヨークだと、また飲み過ぎるので少し休養を取ってから仕事をしようと、過ごし易い処を探して貰《もら》った。

いや感心した。ホテルの部屋にはテレビもラジオもない。下手するとバス、トイレも共同になりそうだった。そういう部屋がホテルの部屋の半分以上だ。過ごし辛《づら》いかと思っていたら、そうでもなかった。

考えてみたらテレビはヤンキースと競馬と競輪以外に必要じゃない機械だものな。

初日はゆっくり過ごして、二日目は島の中を車で回ってみた。

いやはや驚いたね。ニューヨークの人が週末だけ訪れる別荘地というのはわかっていたけど、こんなに金持ちがいるんだ。アメリカ人は強欲なのがいるね。

金持ちの家を見たって仕方ないので午後から一人でゴルフに行った。

１９０１年にオープンしたというコース。ひどいコースだった。

ともかくこの島は何もせず休む処だとわかった。


そんなわけでニューヨークに戻って、常宿というか、そこしか行き処のないホテルに入り、テレビを点《つ》けたら、何と競馬中継をやっている。

それを見ていて、

――待てよ、雷蔵はたしかハリウッドパーク競馬場に取材に行くと言っていたな？

そう思ってテレビ放映をずっと観ていたら、ハリウッドパーク競馬場のレースが映し出された。

まだ6レースである。それでも番組の中で、今日はGⅠレースのオークスをやるという。

そうして待つこと二時間、8レースがメインレースとわかった。

出走していました。シーザリオ。今春のオークス馬である。

福永祐一が騎乗している。そういえば雷蔵は祐一が好きだと口にしていたナ。

日本の競馬放映と違ってうるさいことはぐちゃぐちゃ言わない。ただオッズが出るだけだ。これもなかなかよろしい。

一番人気は⑤番の馬で、その調教師のインタビューや前レースのビデオを流している。

——あれ、こういう時って、一見、負け背負っている方が勝つんじゃないのか？

レースは2000メートル（1マイル1／4）。

発走してシーザリオはすぐに三番手に付けた。

——おっ、こりゃいい感じだぞ。

そのまま三番手に付けて3コーナーの手前で先行馬が失速した。コーナーを回る頃、シーザリオに福永が気合いを入れた。

するとえらいスピードで二速目のターボを発進させた。

あとは4コーナーを回って行ったきりである。その途端に現地アメリカのアナウンサーの興奮のしようはなかった。

〝アメリカ競馬史上初めて日本の馬がGⅠレースを勝ちました。シーザリオ、スプレンディッド〟

見ていて感心した。

——ほうっ、やるもんだ……。

それでテレビを観ていたら、いきなり雷蔵が画面の真ん中にあらわれた。

——さすがやナ、雷蔵、アメリカのテレビでどアップかよ。

右往左往する雷蔵を見ながら、

——雷蔵、われも歳取ったたな。

ともかくシーザリオはよく走った。
一着から四着を的中させれば３８５４・９倍だとヨ。

ワープロが欲しいなとつぶやいたら
フリマでコレ買ってきてくれてさ。
チェコスロバキア製
タイプライター。
いやあ捨てられなくて
昔、
息子がフリーで
上京の決心。
大阪おかんの
真心せんべつ。

マッチ会社の株

ミルウォーキーと聞いてビールを想像する人は相当に歳を取っているはずだ。昔、テレビのコマーシャルで〝ミュンヘン、サッポロ、ミルウォーキー〟と世界の都市を並べて〝世界ビールの合言葉〟と謳《うた》っていた。今考えると、よく勝手にこんな都市を並べて、合言葉などと言ったものだ。昔の人はいい加減でいい（ひょっとして本当にあった言葉かな？）。

そのミルウォーキーの空港に煙草を吸えるエリアがあった。

アメリカの空港で煙草が吸えたのは、アトランタ、デンバー、シャーロット……他にもあるのだろうが、これらの都市は喫煙に対して寛容なのだろう。ということはいい人が住んでるということだ。

ミルウォーキーでニューヨーク行きの飛行機の出発が遅れ、いらいらしていたらコーディネーターの女性が喫煙所があります、と笑って戻ってきた。その日は朝から心臓の調子が悪かったので煙草は控え目にしていた。それでもせっかく喫煙所を見つけてくれたのだから、ちょっと覗《のぞ》きに行った。

——おっ、いるわ、いるわ。

煙りの中で犯罪者みたいな顔をした連中がスパスパやっていた。

コーディネーターと二人でライターに火を点けると、いきなり隣りの黒人女性が訊《き》いた。

「ねぇ、あんた、どうやってライターを持って入ったのよ」

この四月からアメリカは飛行機に乗る時にライターの持ち込みが禁止になった。但し、マッチはイイ。

セキュリティーのチェックでライターはすべて没収される。ところがこのコーディネーター女史、大胆にバッグの中に入れてX線を受ける。見つかったら、あらそうなの？　知らなかったわ、なんて言ってライターを渡すらしい。

ともかく喫煙者にとって飛行機に乗ることは苦痛だし、ライターやマッチのことを気にしていなくてはならない。

「まったく面倒ったらありゃしないわね。ライターを買ったり、取られたりでさ。私、思うけど、今、マッチを製造している会社の株を買えば値上がりするんじゃないかしら……」

それを聞いていて、

——この女、やるわい。

と思った。

聞いていて、女の馬鹿さ加減も呆《あき》れたが、よくよく見ると、

——いい女じゃないか……。

と思えてきた。

煙草を吸うことが、当人の健康を害するという話なら、私の韓国の曾祖父《そうそふ》は煙草が何より好きで百十歳まで生きたという。

どこに煙草が人間に害を及ぼすか。私にはまったくわからない。

よく動物実験でニコチンをずっと投与するという話を聞くが、私たち煙草呑《の》みは別にニコチンだけ取り出して呑んでいるわけではない。

アメリカの、それも典型的な健康志向の連中が医者にそそのかされて言っているだけだ、と私は考えている。

――それはあなたが正確なデータを知らないからだ。

データで長生きできるんなら、すでに人間の寿命は百五十歳を超えているはずだろう。

ニューヨークに戻って、一日はニューヨーク州営のゴルフ場に出かけた。

ベスページという大きな公園がある場所のパブリックコースなのだが、これが週末だったので驚くほど混んでいた。しかも前後はすべて韓国人だった。

今、韓国のゴルフ熱というのは異常でゴルフの新聞だけで十紙くらいあるらしい。

日本のゴルフバブルと似ているらしい。私が思うに、韓国の人にとってゴルフは恰好《かっこう》の楽しめるスポーツなのではないか。日本人と違って、韓国の男たちは徴兵制度はあるし、ベトナム戦争以来、アメリカへの忠誠心はおそらくアジアで一番だったはずだ。大勢の韓国人がアメリカに渡り、子供たちが留学し、今日の韓国経済の基盤を築いた。

韓国人のアメリカの理解力は日本人を遥《はる》かに凌《しの》いでいる。半導体にしても電化製品にしても韓国の技術に日本は及ばなくなっている。

いい例が韓国のゴルファーたちである。男子ゴルファーも女子ゴルファーも日本のプロたちはとうてい敵《かな》わない状況になっている。

ここ二十年、日本人が浮かれているうちにアジアの他国はしっかり国と国民のレベルを高めていたのだろう。

そりゃそうだわな、日本人はここ二十年近く、世界のニュースをアナウンサー上がりの、Kとか、ああいうレベルで報道して、それが世界の中の日本と思っていたのだから。あとに続くのがF、とか、M、とか若い時に反戦のひとつも考えたことがない連中がわかったようなこと言ってニュースを報道しているのだから、どうしようもない。

今日、松井秀喜の前半戦最後のゲームを観戦に行った。

一人でぷらぷら球場に行くのは気楽でいいものだ。

いつもならコーディネーターがいるのだが、これが本人曰《いわ》く大リーグ通らしいが、まったく野球がわかっていない。

海外に行って困るのは、コーディネーターの質があまりにも悪い点である。それでも私は比較的恵まれた方だが、四十歳を超えて海外に暮らし、少しその国の言葉が喋《しゃべ》れるので仕事になってる輩《やから》が一番始末が悪い。私に言わせると、辿《たど》り着いた国で骨を埋《うず》める覚悟で仕事をやればいいのに……と思ってしまう。

松井選手は四打数三安打で、打率320、14本塁打、70打点で前半を終えた。立派なものである。

昨夜は二人で食事をし、この頃のAVビデオの感想を語り合った。

それと少しドイツ観念論（哲学ですぞ）の話もした。

あとはホームランを打つためにはバットの芯《しん》でボールを捉《とら》えるようにコーチもしておいた。

いよいよスコットランドだ。

伊集院×西原「なんでもあり座談会」

前編

ゲスト：武 豊

ディープインパクトでの無敗の三冠達成が記憶に新しいトップジョッキー・武豊さんをお招きした今回の座談会。予定の時刻（午後六時）の十五分前に会場である東京・神楽坂《かぐらざか》の老舗《しにせ》料亭に武さんが到着。西原さんも五分前に姿を現わした——。

＊　＊

担当編集　すみません。いま伊集院先生から連絡がありまして、十五分ほど遅れるそうなんですが……。

西原理恵子（以下＝西原）　ああ、やっぱり。

武豊（以下＝武）　でも、たった十五分でよかった（笑）。

西原　伊集院さんて、武さんの仲人《なこうど》やったんですって。

武　そうですよ。だから、今でも頭が上がらないんです。

西原　そうなんですか。実は今日、武さんとお会いするので、いろいろ調べてみたんです。何かツッコムところはないのかって。でも武さんで出てくるのはすごい記録だとか、いい話ばっかりで、何も悪い話がない！　なんで、こんな立派な人とあの人（伊集院さん）が友達なんだろうと、不思議で不思議で。いつから知り合いなんですか。

武　最初に会ったのは僕がまだ十九歳の頃ですから、もう二十年ほど前ですね。

西原　え、十代のときからあんな悪い人と！

武　伊集院さんがまだ京都でぶらぶらしていた頃ですね。

「タマ持ってきてくれ」

西原　ああ、あったそうですね、そういう

「競輪を好きになったのは、伊集院さんの影響です」

時期（笑）。まさか金回せとか、そういう出会いですか。

武　いやいや。まあお金を回したこともないわけじゃないんですけどね（笑）。

西原　やっぱり。

武　僕は以前、琵琶湖《びわこ》の近くに住んでいたので、呼び出されたことはありますね。

西原　「タマ持ってきてくれ」でしょ。

武　まあ、そこまではっきりとは言いませんけどね。ちょっと競輪でもやろうよ、みたいな感じで。でも来るんだったら、それなりにちゃんと持ってこないといけないな、と。で、競輪場について僕の顔見た瞬間に「おお、金来た、金来た」って（笑）。

西原　あははは、やっぱり。でも武さんも競輪やるんですね。

武　好きですよ。というか、好きになりました。もちろん、伊集院さんの影響ですけど。

西原　一緒に飲むこともあるんですか。

武　たまにですよ。年に一回あるかないか。

西原　やっぱり朝まで。

武　そうですね。でも僕は大丈夫なんです、割と。

西原　騎手の人って体重とか心配なんじゃないですか。

武　僕は大丈夫ですね。体重変わりませんから。

西原　うらやましい。私なんか、朝四時とか五時に焼肉食べちゃったりしてね、それで同年輩の編集者は身体悪くして一人減り、二人減りで、どんどん脱落していきますね。

武　さすがにそこまではやりません（笑）。

西原　でも伊集院さんって、男の人にモテるんですよね。人たらしっていうか。

武　確かにそうです。でも昔から変わらないんですよね、全然。

西原　昔からあのボロボロ感でしょ。年齢不詳のボロボロ感ですよね。私も伊集院さんに初めて会ったのは二十年くらい前ですけど、その頃から、今までずっとボロボロですから。

武　最初は、どこで伊集院さんと会われたんですか。

西原　雀荘《ジャンそう》で（笑）。私は二十歳過ぎに漫画家デビューして、それから麻雀《マージャン》を覚えて雀荘に入り浸ってたんですけど、そこに伊集院さんがいたんですよ。「いた」っていうか、「住んでた」。雀荘で原稿を書いたりしてましたからね。あの頃からボロボロでしたね。歯槽膿漏《のうろう》で歯にスキマができてて、喋《しゃべ》ると「シーシー」って音が出るんですよ（笑）。

「賭け事はひととおりやってます」

武　ああ、そういえば以前から歯が痛いって言ってますね。

西原　前に中国に行ったとき、テレビをつけたらたまたま伊集院さんが出てて。電波が悪いから何言ってるか聞き取れないんだけど、「シーシー」ってのだけは聞こえてた（笑）。

武　西原さんは競馬やるんですか。

西原　はい、賭《か》け事はひととおりやってます。全部負けてますけど。

武　麻雀も？

西原　いやというほど負けてますね。私、ヘタですから。お札の色が茶色っぽくなってくると緊張しちゃうというか。

武　競輪もやるんですよね。

西原　これもまたスッカスカはずれますね。これテッパンだから、っていうのも私が買うとはずれますから。博才がないことは間違いないですね。私、ギャンブルで勝ってる人って見たことないんですけど、武さんは当たりますか、競輪は。

武　たまには当たりますけど、やっぱり負けてますかね、トータルすると。

西原　買う時の根拠ってなんですか。

武　う〜ん、……はっきりとはないですね。

西原　結局、勘なんですよね。

武　そうですね。僕、騎手でよかったと思いますよ。騎手は馬券買っちゃいけないですからね。もし僕が馬券買ってたら、相当やられてると思いますよ（笑）。

西原　ええ〜、武さんでもわからないんだ。それじゃ普通の人が馬券買っても当たるわけないじゃない。競輪の中野さん（中野浩一氏）もそうですもんね。中野さんって自分じゃ車券買っちゃいけないらしくて。だから自分の予想をいろんな人にぽそぽそと教えてたりするんだけど、これがまた当た

伊集院氏が到着し、改めて座談会スタート

らないんだ。

武　そうそう（笑）。

西原　ほかには何をやるんですか。

武　たまには競艇もやりますよ。海外に行ったらカジノも行くし。伊集院さんみたいに朝まではやりませんけどね。あ、噂をしてたら、いらっしゃったみたいですよ。

（と、ここでようやく伊集院氏が到着）

武豊が札束を持って走ってた

伊集院静（以下＝伊集院）　ややあ、ユタカ君、よく来てくれたね。西原さんも、お久しぶりだね。

西原　ややあ、じゃないですよ。いいんですか、武さんみたいな人を呼んじゃって。これって、本の〝付録〟なんでしょ。

伊集院　まあ、いいじゃない。ねえ。

武　僕は全然構いませんよ。付録でもなん

でも。

伊集院　いい青年でしょ、なかなか。

西原　これまで伊集院さんに紹介された人で、これだけちゃんとしてる人は初めてですよ。なんでこんな悪い人と付き合ってるのか、不思議でしょうがない。

伊集院　それはそうと、前に西原さん、末井さん（白夜書房の末井昭氏）とかとよく競馬場にきてたじゃない。あのときに「馬《うま》観《み》」のオジさんっていたよね、浮浪者の。

西原　あはは、いましたねえ、馬が観られるっていうオジさん。

伊集院　この人たち、そのオジさんにパドックで馬観させて、その予想で馬券買ってたんだよ。でも、ちょっと待てよって、馬観かなんか知らんが、浮浪者だろうって（笑）。

武　馬が観られるんなら浮浪者じゃなくてもいいはずですよね。馬券当たるはずですから。

西原　そうなんですけどね。でも最初のうちは本当に当たってたの。何回も当たるから、じゃあってことでみんなで札束持って競馬場行ったら、これが全然当たらなかった（笑）。

伊集院　おもしろいことするなあと思って見てたんだけどねえ、やっぱり。

西原　何やっても勝てないですよ、私は。ところで伊集院さん、武さんにも競輪場にお金持ってこさせたそうじゃないですか。

伊集院　まあ、そういうこともあったかな。

西原　まったく、天下の武豊に金持ってこさせるなんて、伊集院さんぐらいのもんですよ。

伊集院　そういえばユタカ君、この前の競輪祭、獲《と》ったんだって。「武豊が小倉競輪場で札束持って走ってた」って誰かが言ってたよ。

武 そんな大げさな（笑）。競輪祭の初日ですね。11レースの平原―手島―山崎で決まったやつです。3連単と、2車単も獲りました。

伊集院 おおっ、あれは結構ついたよな

（編注：3連単配当＝1万7470円、2車単＝2670円）。

「競輪選手は漢字が書けないから（笑）」

武 ひさびさにピッタリ予想が当たったんで気持ちよかったですね。わざわざ新幹線に乗って行った甲斐《かい》がありました。

稼ぐ秘訣は〝借金がたくさんあること〟

西原 そういうお金ってどうするんですか。貯金とか。

伊集院 いやいや、普通はパッと使っちゃうんだな。宵越しの金は持たねえ、みたいな。

西原 まるで漁師みたい。

伊集院 騎手って、ギャンブルをさせるとその能力がわかっちゃうもんだね。昔ね、若手の騎手何人かを集めて手本引きの真似ごとをさせたことがあったんだけど、やっぱりユタカ君が一番上手《うま》かったよ。飲み込みが早いし。他の騎手はね、最後までルールがわからないとか、もう全然。そんな騎

手の馬なんて、とても買えないって（笑）。

西原　私も以前、ある騎手から「自分、馬よりバカですから」って言われたことがありますよ（笑）。

武　確かにそういう騎手もいますねえ。たまに騎手だけで団体旅行に行くことがあるんです。いつか金沢の兼六園《けんろくえん》に行った時なんですけど、大きい池があるんですよね。そこに「鯉のエサ十円」っていう看板が立ってて、それを見たある騎手が十円玉を池に投げてましたから。

西原　それ、すごい！　ある意味、強い！

伊集院　いやいや、競輪選手はもっとすごい。漢字書けないのなんてザラだから。

西原　そうなんですか。競輪選手といえば、以前、伊集院さんの代理でどこかの競輪場の表彰式に行ったんですけど、そこで、選手に「稼ぐ秘訣《ひけつ》は」って聞いたら、「借金がたくさんあることです」って。いやあ、いいこと言うなあって感心しました。

伊集院　これはギャンブルじゃないけど、今年プロ野球に入った中田っているじゃない。あれはすごいぞ。漢字が全然書けないらしい。期待できるぞ、大物だな。

西原　どういう基準なんだか（笑）。

伊集院　ところで、ユタカ君は地方競馬の馬券は買っていいの。

武　買えますよ。でも、買いませんね。

伊集院　やっぱり同業者は買いづらいか。

武　なんとなく、ですね。

伊集院　同業者といえば、思い出すのが馬刺し。以前、ユタカ君と一緒に飲みにいった店で「馬刺しのいいのが入ってますよ」って勧めた店員がいてね。武豊がいるのになんてこと言うんだ！　って怒ったんだけど。

西原　やっぱり、ダメですか。

武　ダメです。食べられません。でも、佐賀には競馬場を出てすぐのところに大きく看板が出てるんですよ、「馬刺し」って（笑）。

伊集院　それすごいね（笑）。オケラ街道歩いて、馬刺し食べて、か。しかし最終レースっていうのは、独特の雰囲気があるよね。もうあとがない、という。

武　それは乗ってても感じます。みなさん目付きが違いますから。「お願い」って目で見られますよ。

西原　馬に乗っててお客さんからの罵声《ばせい》も聞こえるんですか。

武　聞こえます、ちゃんと。

伊集院　いまの競馬場はそんなに野次が飛ばないよな、昔と違って。

武　少なくなりましたね。

伊集院　そこが競輪場と違うね。競輪場には野次のプロがいるから。落車して骨折した選手に向かって「おい〇〇、〇〇、お前な……死ね！」って（笑）。

「あっ、武豊が馬に乗ってる」

西原　殺伐としてますもんね、競輪場は。

武　初めて行った人は衝撃的でしょうね。僕が見たのはパジャマの上下を着たオジさんで、足元を見るとスリッパに〇〇病院って書いてあるんです。腕に点滴の針が刺さったままで「差せ、差せ」って叫んでるんですけど、刺してるのはアンタやろって（笑）。

西原　あはは、いますねえ、すごいのが。

伊集院　ユタカ君は結構、地方で乗るよね。

武　はい、日本中行ってますね。

伊集院　いいもんなの？　地方は。

ますます会話に熱が入る３人

武　僕が行くと、いつもより少しお客さんが入ってくれるみたいなんで、うれしいですよ。

西原　高知競馬場に武さんがくると、みんなキャアキャア言って見に行きますからね。

武　はい、高知じゃ人気ありますよ。ハルウララにも乗りましたから（笑）。

西原　中にはよくわかんないけど有名人が来たから見に行こう、みたいな人もいますよね。

武　いますよ、そういう人。パドックで馬に跨《また》がったら「あ、武豊が馬に乗ってる」って。これが仕事なんですけど（笑）。

伊集院　まあ馬にもいろいろいて、中には「もう走りたくない」なんてのもいるんだよな。

武　メジロマックイーンなんて、最後は走るのに飽きちゃってましたから。

伊集院　調教の時にも馬房からなかなか出てこなかったらしいね。
西原　それって馬の〝引きこもり〟ですね。
伊集院　レースのときゲートから出ないと困っちゃうよね。

悪い馬主の馬は走る

武　それとは逆に、とっととレースを終わらせたいんで、スタートからダーッと行っちゃう馬はいますね。とにかく早くレースを終わらせて帰りたい、っていうのが。
伊集院　ソープランドの可愛ッコちゃんみたいだ（笑）。
武　勝てば僕らや馬主さんはお金がもらえるけど、馬は何にももらえませんからね。
西原　負けたら馬が悔しがるっていうのは。
武　それはないと思いますよ（笑）。
西原　ああ、やっぱりそうなんだ。
伊集院　しかし不思議なもんで、ある特定の馬主の馬ってよく走るんだよ。馬主っていうのは二種類いて、まずは事業で成功した人。あとは悪いことをやって稼いだ人。それで走るのは、圧倒的に悪い馬主の馬だから。
西原　へえ、そんなもんなんですか。
伊集院　何年か前のフェブラリーSの数日前に京都で飲んでたら、すぐ近くにある馬主がいて、これがいかにも悪そうな人でね。その人の馬がフェブラリーSに出ると。これは、と思ってたらやっぱり来たもん、人気薄で。
西原　やっぱり悪い人のほうが強いんだ。
伊集院　その後日談があってね、その勝ったすぐあとに、その人逮捕されちゃったんだよ。
武　あ、誰のことかわかりました。

伊集院　でも、いまユタカ君が乗ってるメイショウサムソンの馬主さんはいい人だよ。

武　そうですね。大きなレースで勝つことが出来て本当に良かったです。

（まだまだ話は尽きない。以下、後編に続く）

なんでもありか②

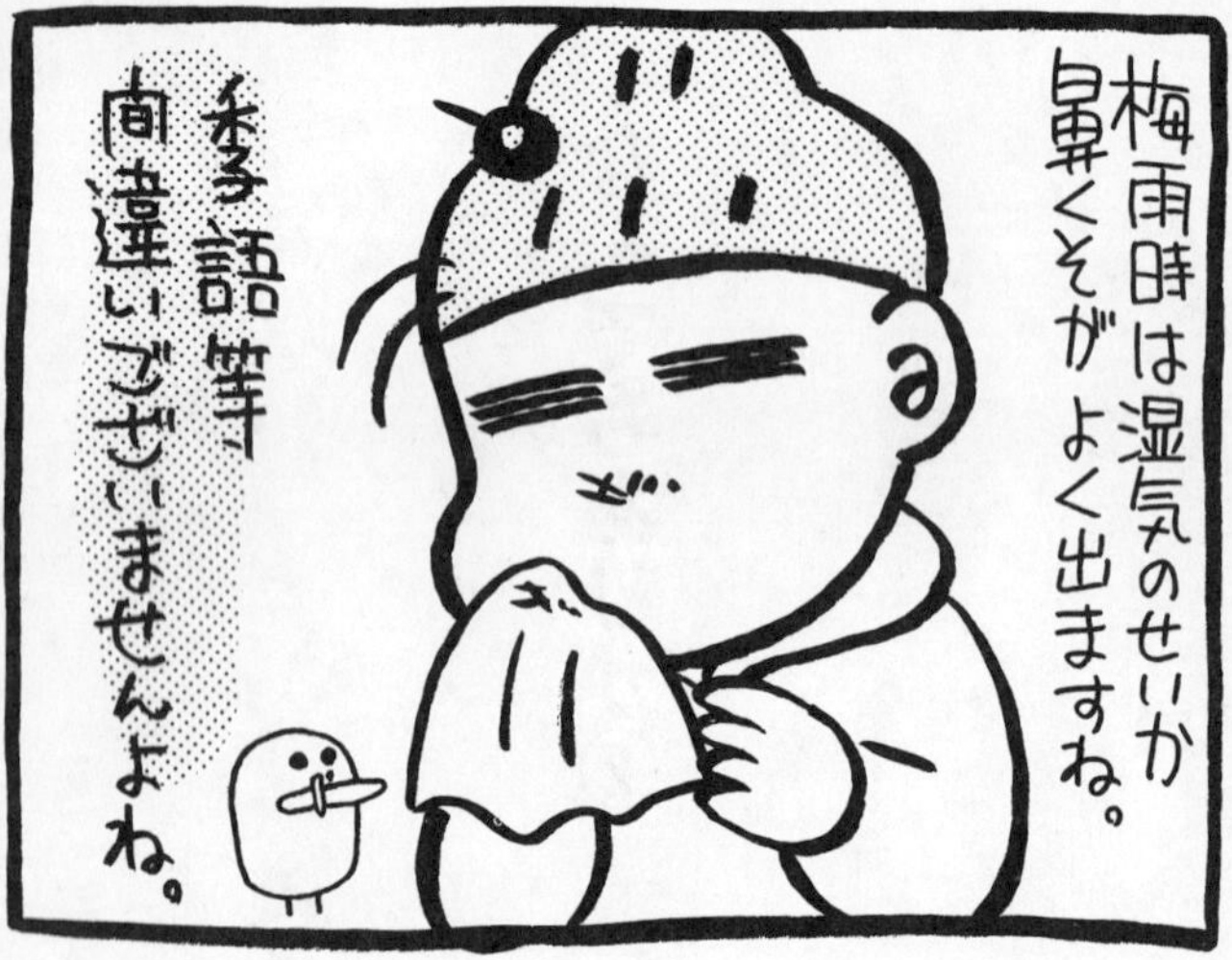
梅雨時は湿気のせいか
鼻くそがよく出ますね。
季語等
間違いございませんよね。

愚か者の部屋

スコットランドのダンディーというちいさな港町に来た。

宿泊したホテルには日本人がたくさんいた。この町から三〇分車で走った場所にセントアンドリュースがあり、そこで全英オープンが開催されているかららしい。

私の旅の目的のひとつにゴルフの取材があるのだが、今はプロゴルファーのトーナメントにまったく興味が湧かないので近くのゴルフコースでプレーするスケジュールにして貰《もら》った。

ダンディーから車で一時間走った山間《やまあい》にあるゴルフコースで〝グレンイーグルズ〟という。

どこかで聞いたと思ったら、つい先日、サミットのあった場所だった。

18ホールのコースが三コースあり、他に女性と子供用のホール。テニスコートから乗馬のコーチをしてくれる施設、釣り、射撃場まである。

四方を丘陵に囲まれた美しい景観の場所だ。

ゴルフを終えて、ダンディーに戻り、ホテルでゆっくりしようと思ったら、部屋のドアは閉まらないわ、デスクのスタンドはこわれているわで出鱈目《でたらめ》のホテルだった。

これがホテルのパンフレットを見ると素晴らしく思えて、コーディネーターも予約したらしい。おまけに部屋がエレベーターの前で、うるさくてしようがない。そのうち酔っ払《ぱら》いが部屋の前で喧嘩《けんか》をはじめ、ドアを開けて、静かにせんか、と怒鳴ったら相手が喰《く》ってかかってきた。

——ヤレヤレ、こんな所で頑張らねばならんのかよ。

「今、何時だと思ってんだ、おまえたち。いい加減にせんかい。いい加減にせんかい（まあ、こんなニュアンスを英語で言ったわけです。いい加減にせんかい、ワレコノは日本語だったかもしれない）」

ところが相手はトラ状態だし、こっちの剣幕を読んで、やってやろうじゃないか、と腕をまくった。こういう状況って相手が外国人だろうがなかろうが目を離すと負けなんで、日本を出発する直前に入れたサシ歯を気にしつつ睨《にら》み付けた。よくよく相手を見ると結構いい身体をしていて、

——大丈夫かな……。

と不安になる気持ちを隠しつつ、

「文句があるのか」

と日本語で怒鳴った。

すると相手の仲間なのか老人が一人割って入って、私に謝った。

こういう時に、胸を撫《な》で下ろす、というのだと初めてわかった。

翌日、とっととホテルを出て、昨日訪ねた谷間《たにあい》のホテルに移った。

タクシーでむかう時、同行の某雑誌の編集長の言葉を思い出した。

「ダンディーの町にはカジノがあるんですよ」

それが惜しい気もしたが、仕事も少しあるし、心身が休まる方を優先した。

チェックインして部屋に入ると、まるっきり違っていた。眺めはいいし、従業員の接客

態度はいいし、これならここで残りを過ごしても悪くない気がした。

——そうだよな、いい歳してバタバタ働いてもしようがないものな。

夜半に日本に電話してヤンキースの松井選手の状況を聞く。

宿敵レッドソックスとの四連戦だ。

どうやら三勝一敗で勝ち越したようだ。ヨシヨシ。

谷間のホテルに着いて荷物を整理していたら、銀座のクラブUのママから、どこかの子供さんへの松井のサインボールを頼まれていた小紙が出てきた。すっかり忘れてた。しかしこういうことを作家に頼むかね。

——まあいいか、松井選手のサインはだいたい覚えたから、何とか真似て書いてみるか。でもボールがないわな。ボールもどこかの高校のグラウンドに行って拾ってきて真似てこしらえるか。忙しいのになぜそんなことせんにゃならんのだろうか。でも頼んできたのはママだが待っているのは子供だし……。


今回は一ヵ月半くらいの旅なのだけど早く帰れそうだ。

このあと、スコットランドからフランスに行くのだけど、そこでひさしぶりにカジノで遊ぶつもりだ。

毎月一度招待状がフランスから届く。カジノの誘いはむこうの手だが、せっかくだから乗ってみる。

ここの処、競輪の調子も悪くないし、小銭がある。

そういえばもうすぐ寛仁親王牌《ともひとしんのうはい》だ。スポーツ紙の予想が関東と関西であるが、どうしようか。

電話投票に残っていた小銭は置いておいたら雷蔵が使い切るので、先日、ニューヨークからロスアンゼルスに取材に行っていた雷蔵に引き下ろしておくように言った。

――それじゃ、打つ現金《タマ》がないが。

どこかに少し隠してたんだが、どこだったかナ。

常宿のベッドのマットの下か？　それじゃ他の客が持っていくだろう。

それにしても眺めのいい部屋である。ひさしぶりにゆっくりできる。

部屋の中を歩き回っていたら、訪れたゲストがサインをしていくたいそう立派なブックがあった。

やはり国内からの客が多い。ロンドン、マンチェスター、グラスゴー……にまじってイタリア、スペイン、アイルランド、ドイツ、それにUSAがある。

――おや、この文字どこかで見たことあるナ。

それが一番最近の宿泊客だった。

それにしても下手な字だ。

GEORGE・W・BUSH……。

――ひょっとしてあのブッシュか。

どうやら間違いない。

そういえば、昨日、部屋を案内したフロントマンがブッシュがどうのこうのと言ってたな。

――そうか、昨夜、私が寝る時、スプリングの調子が悪くて尻《しり》がムズムズすると思っていたのはブッシュの尻のへこみだったのか。

このブックにサインをしていくかって？

伊集院静、日本、そして感想のコーナーに〝戦争好きの愚か者のあと、酒と女とギャンブル好きの愚か者が泊まる〟ってか。

てことは、この部屋一泊いくらなんだろうか？　まあいいか。カジノで勝てばいいんだからナ。

子供の情操本となると本の値段が
ばか高くても売れるよう。
このシリーズタイトルはおけら先生が
テキトーにつけてんのね
次は
情操
あと
資格
タイトルに
まぎれ煮込んどいてね
遠方より
無セキニンに
さけんで
まし。

納得できる車券

ようやくパリに着いてゆっくり睡眠を取ることができた。

取材旅行とは言え、一カ月を超す旅はやはり自分のペースでは過ごせない。先週書いたスコットランドのホテルでのトラブルもそうだが、旅には厄介事はつきものである。

取材のスケジュールが過密になると困るのが洗濯物だ。自分で洗えば済むことだろうが、私が洗濯をしたのは大学の野球部の寮で先輩のユニホームやらを洗わされたのが最後で、以来、洗濯は自分の性に合わないと決めて、家にいない時（これが私の生活の大半なのだが）は、下着からすべて洗濯に出している。こんな生活を三十年間余り続けているのだが、洗濯の仕上がり具合いでその宿がどの程度の宿かがわかる。

高級な宿ということではなく、仕事が丁寧かどうかが判断できる。

常宿にしているパリのホテルで洗濯を出したら靴下が十六。下着が上下で十枚ずつ。ポロシャツ（ゴルフの取材もあったので）八枚。ズボンが八本。Ｙシャツが四枚。セーターが四。ジャケットが一。スーツが一。パジャマが二セット。雨具が一。

何のことはない。重い荷物を持って地球を半周してきたナと思っていたらほとんどが洗濯物をかかえて旅をしていたことになる。

おまけにいくつかの原稿も書かなくてはならないので、資料があるし、旅先で買った本もある。これが荷物を重くする。だが現地でないと手に入らない本がある。今回ならケルト人に関する本であったり、ガーデニングや犬の飼育についての本だ。

つまり私は洗濯物と本をかかえて汗だくの旅をしている。

スコットランドにいた時、寛仁親王牌の決勝戦があった。神山と後閑が勝ち上がって、二人の前夜のコメントがなかなか決まらないと日本から知らせてきた。

理由は後閑が神山の前で走りたいと言い、神山は即答しかねたからである。後閑にすれば今年の競輪祭での特別競輪初栄冠は神山のお蔭《かげ》であり、それ以上に普段から尊敬の念を抱いて、いろいろアドバイスを受けている。ここで恩義を返さねば年齢からいってもいつ返せるかわからない。しかし神山も後閑に死ぬようなレースをして欲しくないし、自分の競輪に徹したいという姿勢もある。

――いい話だな。ひさしぶりに競輪らしい話じゃないか。

私は関東と関西のスポーツ紙の予想を後閑が前で神山を狙う車券を推した。冷静に考えれば後閑が前で走ったにしても小嶋、金子貴、齋藤登を相手に主導権、または勝負処の最終バックを取ることはかなり難しいことはわかっていた。だが私はこういう車券が好きなのである。

私がイチローではなく松井秀喜に憧《あこが》れるのは、自分がよければそれですべていい、という若者はスポーツを通して人間が何を得るかが根本的にわかっていないと考えるからだ。

――この車券なら打っててもいいだろう。

私はそう思った。

しかし海外である。大阪の雷蔵がまとまった金を持っているわけがないし、退職金を前借りしてくれないか、とは言えない。言ってもかまわないが、雷蔵がかまうかもしれない。ひょっとしたら雷蔵にも人生設計のようなものがある可能性もある。

結果は後閑と神山の考えるレース展開にはならなかった。

スポーツ紙の原稿料を入れた私の車券も外れた。でもかまわない、と思った。決まっていればさぞかし気持ちの良いメモリアルになっただろう。後閑と神山の情念のレースが2005年の夏に青森であった。それだけで競輪をやっていた甲斐《かい》がある。

競馬と競輪が、他のギャンブルと競輪でのギャンブルが根本的に違うのは、人が走る、点だ。人が走る故に人の思惑、情念がレースを作り、結果を出す。要するに私たちがどこまで選手を信頼し、納得できる打ち方ができるかが肝心なのである。

――それにしても日本にいなくてよかった……。

これが正直な感想だ。

ここのところ競輪の調子が良くて小銭をどこかに仕舞ってある（それをどこに仕舞ったかが思い出せないのだが）。すべて打っただろうな。勿論《もちろん》、金の絡むことだから小嶋―山口富の車券は抑えただろうが、三分返りとか二分返り（投入金の30％か、20％戻ってくること）の打ち方になったはずだ。それでも打つ甲斐のある車券だった。

スコットランドのエジンバラからロンドン経由でパリに入ったのだが、先日のテロででえらい厳しい警戒態勢だった。

もうすぐ海外旅行はできなくなるのではとさえ思ってしまう。

ヨーロッパの歴史を見ると大半の戦争は宗教戦争である。あとはアレキサンダー大王やナポレオン、ヒトラーのように民族を仕分けする思想で人を殺戮《さつりく》する戦争である。イスラム原理主義だけが悪いとする発想では、このテロリズムは断絶できないし、アメリカ合衆国が自分たちが世界で一番力を持っていると考えている限り、平穏な時間は百年経ってもこないだろう。

パリは異様に寒い。股引《ももひき》とマフラーがいる夏である。二年前は暑過ぎてフランスの老人たちが大勢亡くなった。

東京で震度5の地震があったようだ。大変だったろうナ。

世界的な異常気象だそうだ。

私に言わせると異常じゃない気象というものはどんな年にもない気がする。地球は生きてるんだから、いつも生物にやさしいなんて限らないのではないか。今や生物の中でも最下等に入る人間を見てみればわかる。いつも他にやさしい人間なんていない。地球だって同じだろう。

スコットランドのパブで酔っ払った男が言った。

「間違いなく大きな地震がくる土地でよく平気で生きてるな」

——おまえさんのところもそのうち大きいのがくるって。

私はそう胸の中で呟《つぶや》いてグラスを上げた。

レイザーラモンのファンだ。
テレビをみようとしたら
7歳息子に
下品だから
みないで
と言われた。
下ネタが
通じない
息子に育てた
覚えはない～
すごいショックだ。

予算を十倍にしてやるのだが

旅も一ヵ月が過ぎると妙に落着きも出てきて、相変わらず奇妙な時差に悩まされているものの、それはそれで自然に夜中目を覚まし、普段読めない本などのページを捲《めく》ったりする。

週刊誌の連載が去年、一本終了して週末が楽になった。それはそれで十年余り続いたので、担当編集者の声や顔を見なくなるのも妙な淋《さび》しさがある。ところがその担当者が人事異動になり、面喰《めんく》らいつつ仕事をしている話を聞くと、

――なあ、担当している間の私は鬼のように見えるけど離れてみると、私が仏に見えてくるだろう。

と言いたいが、私は若い編集者には厳しいところがあるから、やはりほっとしたに違いない。

週刊誌の連載は海外にいても毎週ギリギリに入稿（原稿を入れること）する。それが正しいと私は思っている。大災害や戦争が勃発《ぼっぱつ》した時、フランスのカジノで楽しんでいるとは書けないし、その原稿を生かしているようでは作家の資格はないように思う。

〝週刊誌は生きている〟

これが私の考えである。生きているから、その売上げ部数が増えもすれば減りもするし、うかうかしていれば廃刊にもなる。これが怖いところであり、時流に乗れば大変な利益を出版社に与えてくれる。

この頃、女性の読者から言われる。

「今、エッセイは週刊大衆だけですよね。他にゴルフやスポーツもありますが、あなたが普段何をされ、社会の事件をどう考えていらっしゃるかを知るには、あの週刊誌しかありません」

「あの週刊誌の、あのとは何か特別な意味があるのでしょうか？」

「あの週刊誌は主婦の私たちには手を出して読めません」

と彼女は顔を赤らめた。

——どうしてですか。主婦のグラビアもありますよ。

そう訊《き》き返せないわナ。いくら私が性格が悪いと言っても……。

それで時々、ヌード写真のグラビアのない週刊誌にエッセイを連載して差し上げようかとも思うのだが、私は某週刊誌に十年余り連載したエッセイがあり、そこでわかったようなことを書き続けたので疲れてしまい、同時に飽いてしまった。おまけにエッセイのタイトルが二日酔い……だったので、別に飲まなくていいのだが、連載を理由に飲んでいるようなところもあって身体にも良くないので連載をやめることにした。

私は普段、一般週刊誌をほとんど読まない。それは新聞も同じで、今の新聞の日本語のいい加減さは目に余る。それに世界情勢などは取材能力が欠落しているし、日本が世界でどう思われているか、まったく無知である。

アメリカが今頃になって日本の国連の常任理事国入りに難色を示したからと驚いていては話にならんでしょう。それ以前に常任理事国に入って何になるのか。もっと根本を言わせて貰《もら》えば常任理事国になれる国のかたちはしていないでしょう。

——今週はやけに固い話になっているナ。

そうそう今週はフランスのドーヴィルのカジノでひさしぶりに戦う様子を書くつもりだったが、今日（8月2日）までカジノに行くことができていない。理由はカードの操作を誤ってしまい、ロックがかかった。

金がなければ戦うことができない。

ようやく片付いて、今週末には出かけようと思う。


パリのホテルで夜テレビを観ていたらポーカーのヨーロッパ選手権をやっていた。最後はイギリス代表の中国系イギリス人とフランスの何やら教授っぽい中年男の戦いになった。ダイジェスト版で放映していたから、そこに至るまでの微妙な戦いは見ることができなかったが、ファイナルはイギリス代表のキングのワンペアに対してフランス代表がラストの一枚（セブンカード）でツーペアになり勝ち切った。

ポーカーのゲームは見る人が驚嘆するような、たとえば古い映画『シンシナティー・キッド』のような鮮やかな幕切れはほとんどない。むしろ相手が自分の方が勝てると読んで有り金すべてを賭《か》けてきた時につぶせるかが勝負の決め手になる。あきらかに相手の方が強いカードなら勝負する者はいるはずがない。

阿川弘之《あがわひろゆき》氏の『山本五十六《やまもといそろく》』（新潮文庫）の中で海軍の演習で地中海のリゾート地、モナコに立ち寄った時、山本五十六はこう言ったというエピソードが残っている。

「今、私は海軍の予算の半分でも預けてくれたら海軍の予算を十倍にしてやるんだが……」

こういう大将なら胆《きも》が据わっているはずである。その上勝負事に一番肝心な勝負処の判断がすぐれている。

大相撲なんかもそうだが、名勝負というのは見ていて単調なものが多い。鍛錬した力士が四つ相撲で押し合いになり相手の体勢を崩し勝ち切るような相撲になる。

これは競馬、競輪でも同じで、大きな配当のレースで勝つより、配当は少なくとも、そこに集中できる体力、能力、資金力が決め手となる。

買い目が増えるのは結局散漫な勝負で終わる。

——じゃなぜルーレットをやるのか。

ルーレットでも最後の勝負処では張り数は減っていく。ゾーンで張っていても、そのゾーンのどの数字に賭けるかで勝負が決する。但し、これはディーラーが90%狙った数字に入れられる技術があっての話である。

八月のパリはほとんどの店が夏休みに入っており、街をうろついているのは観光客ばかりである。

昨日、夕食を摂《と》った韓国料理店で隣り合わせた日本人の女性二人が食事の間ずっとエステと整形美容の話をしていた。歳の頃は二十五から三十五か。

「あのエステ、私は合わないのよ」

「鼻を少し整形しようかしら」

そんな話を大声で話していた。

ちらりと顔を見て驚いた。

ジョギングする女性とダイエットする女性とエステに通う女性で、私はまだ美人を一人も見たことがない。

——どうしてだろうか？

節酒している。
おどろくほど体調がいい。
てゆうか
今まで
どうして
そんな
次の日
夕方まで
残るよな
飲み方を
20年間やってたんだ。
ああっもう飲みたくなって
きたあっ
わからんなるくらい
どっさり
「このでかマグで節酒も考えもん。」

カジノのひととき

ひさしぶりにドーヴィルの街を訪れた。

パリを正午過ぎに出た。

ホテルのバーテンダーにサンドウィッチと菓子、飲み物をバスケットに詰めて貰い、ちょっとしたピクニック気分で出発した。

ベルサイユ宮殿にむかい、A13という高速道路を北に走っていった。

このA13はセーヌ河に沿って走っている。といってもパリを過ぎてからのセーヌ河は蛇行を続けるから、時折、道路は河を渡る。その度に河幅が広くなる。

二時間近く走ると、空の様子がかわり、やがて左右には牧場があらわれる。牧場にいるのが牛や羊からサラブレッドになった。そうなるとドーヴィルはもうすぐそばだ。

波止場が見えて、街に入った。

街は夏のバカンスの真っ只中《ただなか》で、ちいさな街が人であふれていた。

冬なら駐車している車もまばらなのに道の両脇にびっしりと車が並んでいる。

まずは真っ直ぐカジノに行く。

時間が早いのでカジノはまだマシーンしかやっていない。

街をぶらつき、カフェで茶を飲み、テーブルでゆっくりとルーレットの数字の並びを復唱する。

0の両隣りは26、32、そして3、15、……、8の両隣りは23、30、そして10、11、5、36、……、7をはさむのは28、29、21をはさむのは2、4、……、6と9をタテにおさえた時は31をチェックしておく……、気を付ける数字は13、18、20、24、25、33、34、……。独り言のように、これをぶつぶつとカフェのテーブルでやっていた。やがて五時を過ぎて、カジノの奥の部屋にむかう。

招待状を見せると、マネージャーがあらわれて、挨拶《あいさつ》される。

「今回は何日いるんだ?」

「まだ予定は決めていない」

「ホテルの部屋を用意するからゆっくりしていってくれ。今夜はディナーをするのか。美味《おい》しいものを用意するから食べていってくれ」

「わかった(取りあえず五万ユーロほど貸してくれ、と言いたかったがこれは言わなかった)」

ルーレットのテーブルは二台がはじまっている。最低が五ユーロのテーブルでひとつの数字に賭けられる限度額は百五十ユーロで囲めば九百ユーロまで。ヒットすると一度に日本円で三百五十万円くらいか。

ソファーに腰を下ろして、二台のテーブルの出目をじっと見る。

「ムッシュ、ニシヤマ(本名ですナ)、茶を飲むか。それとも酒か?」

とバーテンダーが訊《き》く。

サブマネージャーたちが私の顔をちらちら見て、笑いかける者もいるが、もう知ってる顔は一人もいない。それでもカジノはいたる所に監視カメラが設置してあるから、こっちの行動は四六時中チェックされている。

二時間余り、出目を見て、座り易いテーブルの後方に立った。勢い良く賭けていたドイツ人らしき中年男が椅子を立った。その椅子を私が指さすとディーラーがうなずいた。ひとつのテーブルにディーラーが三人。場をチェックするディーラーが二人。

二千ユーロをチップにかえて戦闘開始だ。

最初は7のゾーンと21のゾーン。少額を賭けていく……。


今回の一ヵ月余りの旅で唯一のギャンブルである。

以前は海外に出かけても時間ができるとカジノに突進したり、競馬、……、何もなければ繋駕《けいが》レース（馬車を引いて競うもの）まで手を出していた。

自分でもよくあそこまで精力的に遊べたな、と感心する。

——あの頃は時間が余っていたのだろうか？

そうではなかろう。若かったし、今ほど時間の余裕がある旅はしていなかったはずだ。

それに借金だらけで金だってなかったろう。

——なのに遊べていたのはどうしてだろうか。

私は過去をまったく振り返らないから、よくはわからないが、若かったから、体力があったから、という理由ではない気がする。

——何だろうか？

わからない。わからないものを考えても仕方がない。でもあの頃に戻れたら、きっと同じことをしている気がする……。

一時間ルーレットを打った。途中、三千ユーロを両替し、そこから一度ちいさな山がきて、一万ユーロがプラスになった。

そこでやめる気はなかった。金はまだ少しあるし、どこかでひと勝負できれば旅のいい思い出になる。

今回はスコットランドで嫌な思いをし、こうやって旅に出るのを少しやめようかと考えた。その気持ちはまだ残っているのだが、何とかギャンブルをして身体のどこかに溜《た》まったウミみたいなものを吐き出したい。

ディーラーが三回交替し、目の前のディーラーは、先刻、マイナスに嵌《はま》ったチームだからテーブルを離れることにした。

ソファーで休むと大きなタメ息が出た。思ったより疲れているのかもしれない。マネージャーがきた。

「ディナーはどうだ？」

「いや、今夜はいい」

「数日、泊まって行かないか（勿論《もちろん》、部屋代もすべて招待である）」

「少し考えるよ」

「相変わらずいい遊びだな」

「――」

この誘いに乗ると、遊びの金が一桁《ひとけた》上がってしまい負け分の支払いで半年から一年働きっ放しになる。

三〇分休んで、もうひとつのテーブルに着いた。気分が昂揚《こうよう》していないのが自分でもわかる。出目の動きがわからずちぐはぐな張りをくり返してしまう。たちどころにプラス分が消えた。そこから揉《も》み合いが続き、大きく動きそうもないのでテーブルを立った。二千ユーロのマイナス。

――今回はこんなもんだろう。

翌日、パリで日本レストランの主人とゴルフの約束もあったが、そんなもの吹っ飛ばしてもよかった。

どうやら私はつまらない男になったようだ。

東京に来て22年もたつのに
会社の社長なのに
家も一軒
たてた
のに。
くやひー
田舎もん
ばっかに
声かけてる
駅前キャッチ
宗教に手相みてやる
顔相みてやるって
たばになって追いかけられた。

11個　600円

帰国してすぐにホテルに詰めさせられた。

十月に帝国劇場で上演される芝居の原作が仕上がらず、演出家、スタッフ、何より役者さんたちが困り果てているという。

主演は森光子さんで、公演の記者会見でお逢《あ》いすると顔はなごやかなのだが、かなり困っている様子が伝わってきた。

それで常宿とは違うホテルに詰めさせられ、毎日、執筆となった。ところが四十日余りの世界一周の旅の疲れと時差で起きている間中眠いし、寝ている間中寝ている気がしない状態で仕事にならない。

こういう時は昼間ゴルフにでも行き、汗をたっぷり掻《か》き、酒を一気に飲んで眠れば身体が元に戻るのだが、ホテルに入ったのが八月十二日で日本の盆休みと重なり、友人も編集者たちも皆休暇を取っていた。

その上詰めていたホテルは私の他の客は大半が外国人でレストランも洋食で食べるものがない。

知ってる鮨屋《すしや》も小料理屋もすべて夏休みで休業中である。

悪い時期に帰国してしまった。

それでも役者さんの顔が浮かび、二日ばかりは粘って仕事したが、そのうち嫌になった。

これが私のイケナイ性格というか性分で、三日目の夜、ぶらりと東京駅の八重洲《やえす》口の裏手にある通りを歩き出した。

——どうせ店は皆仕舞っているだろう……。

と歩くと、これが結構、店灯《みせあか》りが点《とも》っている。

——どういうことだ？

居酒屋、飯屋だけではなく、ファッションマッサージなどの客引きの男も屯《たむろ》している。

彼等の目の前を通っても、なぜか私は声をかけられることはない。

——どうして私に声をかけてくれないのだろうか。私とて、その手の店に入ることに何ひとつ躊躇《ちゅうちょ》はないし、むしろ歓迎するんだけど……。

そぞろ歩いていると一軒、鮨屋が営業していた。

——たいしたもんだ、この盆休みに店を営業してるとは……。

店前に十二時迄《まで》営業と看板があった。少し不安も抱かないではなかったが中に入ってみた。結構広い。テーブル席に二組の客。一組はセールスマンらしき四人。もう一席は一人だけですでに酔っている。カウンターは三人の板前が立てるようになってケースが三つ並んでいるが、二ケースは空で残るひとつの前に若い男女が二組。私は彼等の間に座った。

「だからもう別れるしかないんじゃないの」

いきなり左隣りの女が相手に切りだした。

——マイッタナ。別れ話かよ。

「なんでそんなこと言うんだよ」

——そうか男は別れたくないのか。

するると右隣りの男女が株価の話をはじめた。上司の男と部下の女のようだ。右も左もどちらも二十歳代に見える。それにしても若い男女が盆休みの夜に駅前の鮨屋でデートとは……。何か事情があるのか。

「お客さん、何にしますか？」

いきなり声がした。顔を上げると板前が私を見ていた。ひどく汚れた割烹着《かっぽうぎ》だ。洗濯してないナ。無精髭《ぶしょうひげ》をはやして、なんかヤバイ感じだ。

「腹が減ってんだ」

「じゃ握りましょうか。並が11個で600円です」

——えっ、今何と言った？　11個で600円と言ったか。

思わず私は板前の背後にあるメニューを覗《のぞ》いた。たしかに並寿司は600円と書いてある。

——ど、どんな寿司なんだ？

やっと食べる夕食である。

「鮪《とろ》を握ってくれるか。飯《しゃり》を半分くらいにして貰《もら》えるか」

「はい」

出てきた握りの飯の多いこと。

「ちょっと飯が多いな」

「あっ飯少なくでしたね」

——おいおい、今言った話をもう忘れてるのかよ。

食べてみると特別な問題がある食物《しょくもつ》ではなかった。

種がもうほとんどなかった。

背後の席の一人きりの男が大声で注文しはじめた。

「そろそろ握って貰おうか。鯛《たい》と」

「すみません、鯛終わっちゃって」

「じゃ平目を」

「平目も終わったんです」

「じゃウニを」

「ウニも終わったんです」

「じゃトリ貝」

「すみません。トリ貝も終わって」

「何があるんだ？」

男が怒り出した。

「トロと小鰭《こはだ》と赤貝と穴子です。あとお新香巻きはできます」

そうしているうちにセールスマン四人が揉めはじめた。

「なんで俺が宇都宮支店に行かなきゃならないんだよ。会社は何を考えてるんだよ」

「そんなことないって。おまえの力が必要なんだって」

「何を言いやがる。これは左遷じゃないかよ」

「左遷じゃないって」

物がこわれる音がした。

左隣りの男がぐずぐず言い出した。

「俺の悪い処があったら直すから」

「そういうことじゃないの」

――なんかえらい店に入ったナ。

そうこうしているうちに私も逆上しはじめた。

――どうして四十日も海外で働き詰めで戻って、また缶詰かよ。いい加減にして欲しいよナ。

「おい、酒だ。冷でいい」

そう言い出した途端、冷酒がたちまち五杯身体に流れ込んだ。

気が付いた時は、お客さん、もう閉店ですから、と言われる始末。

ホテルに戻る気がせず、Kさんに電話して麻雀《マージャン》に出かけた。

翌日の午後、私はまだ麻雀を打ち続けていた。

夕刻、ホテルに戻り、ベッドに転がり込むと、電話が鳴った。

「すみません。××書店のKですが、原稿の進み具合いはいかがでしょうか」

「何の原稿でしょうか？」

「はあ？」

ガチャン。グーである。

「ここのカットを　私の単行本に入れさせてもらいました。
伊集院先生の事務所の方が
「このカットだけみると伊集院がすごくひどい人間みたいで」
それ以外に何か？

北の荒武者去る

週末（8月27日）、就寝しようと思っていると電話が鳴った。

私の電話なので、少し気持ちが揺らいだ。よほど急ぎの仕事を編集者とマンツーマンでやっている時以外に、この電話が鳴ることはないし、ましてや土曜日の夜だ。

事務所の女性だった。

「何かあったのかね？」

「早川謙之輔さんが亡くなられたそうです」

「……そうか」

電話を切って家人に、それを告げて蒲団《ふとん》をかぶった。

夜中の三時に目覚めて、枕元を見ると通夜、葬儀の予定と枕花の手配を書いたメモがあった。

起き上がり、座ったまま煙草を吞《の》んだ。吐き出した煙りが流れる先の枕元に本が二冊あるのが目に止まる。

一冊は家の犬をスケッチしている雑画帖《ざつがちょう》、もう一冊は少しずつ読んできた『木に学ぶ』（早川謙之輔著／新潮社刊）である。

元気な便りを貰っていたから、驚いた。脳梗塞《のうこうそく》と事務所の女性は言っていた。

いずれにしても早川さんは亡くなったのである。

今、この原稿は早川さんが十三年前にこしらえてくれた机で書いている。

大きな机の上には早川さんのいくつかの小作品がある。

――突然の報《しら》せだったのか……。

そう考えて、昨日の早朝、庭先に出ると、思い切って剪定《せんてい》された紫陽花《あじさい》の茎があり、その先端にトンボが一匹とまっているのを見つけた。

近づいてもトンボは動かない。よくよく見ると、片方の羽の一枚が無残に裂けている。茎の先端にとまったまま死を迎えていた。

――トンボたちが生を終える季節なのか……。

と思った。

そのままにしておいたが、半日、そのトンボの姿が頭から離れなかった。

早川さんは私のひと回り上の寅年《とらどし》の男で、岐阜の山奥の付知町《つけちちょう》で木工をして暮らしていた。私の机はその山奥から当時住んでいた元麻布《もとあざぶ》まで早川さんが子息と二人でトラックで運んで下さった。

「伊集院さん、この机は二百年使えますから」

そう言われて戸惑った午後がある。

私が死んだあと、この机をどうするか何度か考えた。

一番は子供が多い場所で机で生きていくのがいい。生きてと書いたが机は生きているのだ。冬の夜中などあきらかに声というか音を立てる。

ミシッ、ミシッ、と木が己の身を締めるのである。

早川さんのことはここまでにしておこう。親しかった人の死は、それを語るのに歳月を要さねば、その人の死の意味（意味はないが）の真はよくわからない。

身内が死んで大騒ぎ、大泣きをする連中に限って、そのいつくしみはすぐに褪《あ》せる。死を表面でしか受け止めないからである。物事を考えた経験がない人だ。時々芸能人がテレビで泣いていたりすると、

——本当につまらない輩《やから》だ。

と思ってしまう。

別に芸能人に限らず一般の人でもよくある。しかし一瞬でワーッと泣いて、翌日からカラリと晴れた青空のように生きる方が、人生の術《すべ》はたけている。だから怖い。

函館《はこだて》競輪で藤巻昇が引退した。

名選手であった。藤巻と防府記念の検車場で話をしたのは何年前のことだろうか。十年、いや十五年前か。

ひどい大病を患って、病院から抜け出して練習していた頃だ。

藤巻が珍しく煙草を吸っていた。

私に気付くと、彼は手にした煙草を私に見せ、とうとうこれを吸いだしました。もう特別での勝負はできないでしょうね、と力なく笑った。

その後、彼は病気を克服し、この夏まで現役を続けた。敬服する。

人の精神は表貌に出る、と言うが、テレビに映った藤巻はいい顔をしていた。まさに北

の荒武者の顔だ。これからは後輩の指導にあたるという。頑張って名選手を送り出して欲しい。

さて本日（8月30日）はふるさとダービー豊橋《とよはし》の決勝戦である。

仙台で仕事の続きがあり、運良く三日間全レースを見ることができた。

決勝戦のメンバーも久々に好調の選手が揃《そろ》った。しかもそれぞれのラインがすんなり決定し、3、2、2、2の4分戦になった。近頃の決勝では珍しいケースだ。

①山内　卓也《たくや》（愛知・77期）

②岡部　芳幸（福島・66期）

③村上　義弘（京都・73期）

④前田　拓也（大阪・71期）

⑤小嶋　敬二（石川・74期）

⑥海老根恵太（千葉・86期）

⑦金子　貴志（愛知・75期）

⑧新藤　敦《あつし》（神奈川・62期）

⑨齋藤登志信（山形・80期）

ラインは中部が⑤⑦①、近畿が③④、南関東が⑥⑧、東北が⑨②である。

本命、一番人気は地元の金子が番手を回る中部勢の⑦—①、⑦—⑤であろう。小嶋が駆けるというのが現地取材に行っている記者たちの予想だ。

今の競輪は情報が車券考の第一要因になっている。ではその情報を前提に予想し、購入した車券が的中するかというと、ほとんど的中しない。なのに懲りずにファンは情報に頼って車券を買う。情報を出す方も懲りずに同じことをくり返す。

私はこの決勝戦をこう考えた。村上、齋藤は優勝を狙いにいくレースをする。小嶋はどうか。三着、四着になってもいいから主導権を取る？　それはない。優勝を狙う？　わからない。グランプリに山内卓を乗せたいから先行？　そんなこと小嶋が考えるはずがない。小嶋はおそらく中途半端なレースになる。齋藤は村上と小嶋の叩《たた》き合いを待っている。でなければ好位から頭を狙う。先行はない。このレースの鍵《かぎ》を握るのは海老根とみた。このメンバーで捲《まく》っても海老根の勝ちはない。イン粘り？　これも撥《は》ね飛ばされる。かといって何もしなければ二流で終わる。私は海老根が一度は前に出て主導権を取るとみた。後位がもつれれば好勝負になる。しかも新藤だ。海老根が駆けて、村上が頭、これを今日は買うつもりだ。

今週なぜか宮崎の学くんと
トークショーがある。
左さんなのでマイク持たせときゃ
永遠にアジってるから私が楽。
この人は
つっこめません
「二人の思わぬバクロ話を」って
フツーこの人級のバクロ話なん
か、持ってないっつうの。

遊べよ。ワン

この週末にようやく秋の舞台の原作が書き上がった。

秋の舞台って、もう秋でしょう。

そうなのである。今日（9月5日）がその舞台の稽古《けいこ》の初日だそうで、ぜひ役者さんたちを激励してやって下さい、と制作の人に言われたが、ようやく原作が上がって、すぐに脚本ができるはずがない。当然、役者さんたちは稽古ができないので逆上しているだろう。

そんな処にのこのこ顔を出したら何を言われるかわからない。ひょっとしたら袋叩きに遭うかもしれない。〝君子は危うきに近寄らず〟ナンチャッテ。

――いや本当に申し訳なかった。

それにしても自分の無責任さというか、危機感のなさというか、呑気《のんき》さにつくづく呆《あき》れてしまう。

こういう性格でよく今日まで生きてこられたものだと思う。

「どうでしょうか、原稿の進み具合いは。ぜひとも今夜中に……」

なんて電話が入ると、

「う～ん、これが今なかなか手強くてね。ヤマ場にむかって格闘しておるんです」

「そうですか。朝までお待ちしてますのでよろしくお願いします」

「はい。机にしがみついて頑張りますからご安心下さい」

と言って電話を切るのだが、すぐにテレビのボリュームを上げて、そうかここで小野が佐藤慎太郎に競るナ。競らなければ男じゃあるまい、と競輪のオッズに夢中になる。

――さあ、ここが今日の競輪のヤマ場だぞ。

なんてまったく違うヤマ場と格闘している。

よく人が言うようにこの世の中に本当に神様がいて、天から人間のしていることを見ていたら、はっきり言って、私は極刑に、いや地獄に連れて行かれるだろうナ。

まあ死んでから地獄に行くのは当人にも自覚があるから仕方ないにしても生きてるうちに地獄を見せられるかもしれない。

時々辛《つら》いような時があるが、あれって天罰が下っているのかナ。

私の性格はいくつも問題があるのだが、その中のひとつに罰を受けているかもしれないのに自覚症状がない点がある。

妙なことだが、私は辛いとか、大変な状況になった時とか、まったく動揺しない。鈍感といえばそうなのかもしれないが、

――まあこういうこともあるんだろうナ。何とかなるやろう。

としか思わない。

身体の痛みなんかもそうである。骨折していても、数日、なんか痛いナ、くらいにしか感じなかったことが数回ある。

大学の野球部に入って初日に二十発くらい殴られたのだが、痛いとも辛いとも思わなかった。泣いてる同級生が逃げ出すんじゃないかと心配だった。

やはりその時期、それをおまえ上級生に口にしたらお仕舞いだよ、と思われることを平

気で口にしていた。当人は自覚してないが、連帯責任で殴られる同級生はさぞ頭にきたに違いない。この場で謝りたい。

——もう遅いか。

考えてみると野球をしていた間は少し勤勉というか目的意識なんてのがあったが、それ以外の悪ガキの頃と二十歳からの三十数年、私はまったくいい加減なことを続けている。ともかく起きてる間は遊ぶことしか考えていない。よくここまで生きてきてるよナ。


「あなたとこの犬はどうしてこんなにやることなすこと似てるんでしょうか」

家人が呆れ顔で言う。

この犬とは我家の大バカ犬である。

兄と弟がいるが、その弟の方で名前はノボと言う。

まあ名前を呼んでも来やしないんだが……。

そう言われて、この犬を観察していたら、たしかに似ているところもなくはない。

この犬、起きている間は喰《く》うか、何かを追い回すか、大型犬に噛《か》みつくか（この犬は小型犬である）、人形抱いて腰を振ってるかしかしない。

つまり食欲と闘争欲と性欲しかないのである。

——まあ少し似てるか。

その上、この犬は人や犬にまったく興味がない。

——これは似てるな。

そしていつも遊んでいる。郵便受から新聞持ってくるわけじゃないし、怪しい者に吠《ほ》え立てるでもない。まったく飼い主にとって役に立たない。

——相当似てるナ。

ところがこの犬、たまにしか家に戻ってこない私に対してえらく興味があるようで、私が家にいる間は小屋の中では決して寝ようとせず、夜中でも、小屋から出せ、小屋から出してくれ、と吠えまくる。家人と兄の犬は二階で寝ているから吠え立ててもまったく相手をしない。仕方ないから私が出してやると、こっちがどれほど締切りに忙しくてもボールを出してきて、

「遊ぼうか、遊べや、遊んでくれ」

と吠えまくる。

仕方ないので少し相手をすると嬉《うれ》しいのか家中を駆け回る。夜中の三時、四時である。疲れてしまう。

「おまえさ。頭おかしいんじゃないのか。犬がこんな夜中に騒いでいたら山の神が起きてきて叱られるぞ」

「うるさい。遊べや、ワン」

そのうち足音がして、

「あんたたち何時だと思ってんの」

と怒鳴られる。

その時だけ隅に隠れておとなしくしている。

――なんでわしが叱られるの。

この犬、差し出すと何でも喰う。おかまいなしに食べてる姿を見て思った。

――この差し出されたものが、私にとってギャンブルやネエちゃんみたいなものなのだろうか。

そう考えてから、

――こいつ、俺とそっくりじゃないか……。

と思った。

犬がまた近寄ってきた。

――俺は見るなって。鏡を見てるみたいで嫌だから。むこうに行け。

嫌なことに気付いてしまった。

「伊集院さんとの単行本の〆切りが本日です。」
サイソクではじめて本が出る事になってるのに気づく。
かきおろしがたくさんあるので見なかったことにした。
今日のしごとおしまい

静かに狂いたい

長い夏の旅から帰国し、ようやく疲れがとれたかと思っていたらまた旅に出ることになった。

正直、今回はしんどい旅になりそうだ。

ロスアンゼルスでひとつ取材があり、これは十数年前に『でく』というギャンブルとアルコール依存症の小説を書いた時の担当者からの仕事の依頼で断われなかった。

対談の仕事なのだが、相手が忙しい人で海外の方がゆっくり話ができそうなので、まあそれでもいいか、とつい口にしたのがイケナカッタ。

「そんなに疲れているのに、どうして遠くまであなたが出かけなくてはならないんですか」

えらい剣幕で家人に叱られた。

「そりゃそうだけど……」

「またあれでしょう。あなたが我慢して丸くおさまるなら……の考えでしょう」

――さすがによくわかっている。

しかしそうだとも言えないので、

「どうだい。ロスアンゼルスでも行ってゴルフでもするかね」

これもついその場を丸くおさめるために口にしたのだが、これもイケナカッタ。

気が付いたら家人が隣りでワインを飲んでる飛行機のシートで原稿を書いている自分がいた。

このあとパリに寄ってスコットランドで撮影の仕事が待っている。その準備でパリに二日滞在する予定がどこで何を間違えたのか、地球を半周する時、一日が消えてしまう計算をしていなかった。

つまり飛行機に乗っているのは十二、三時間でも時差をすっかり忘れてしまっていた。三十年近く旅をしていてもこういうことが起きるのだと呆《あき》れた。

今回も世界一周するのだけどやはり疲れる。一番は時差による睡眠時間の乱れだ。少しずつ身体がおかしくなる。昼夜、かまわず眠くなるし、人の話を聞いてても現実なのか夢なのかわからない感じになる。

それでも一日ひとつ何かしら原稿があるのでともかく書き続ける。

この原稿も飛行機で二枚、今は着いたホテルの夜中に続きを書いている。テレビを消音状態で点《つ》けて仕事をしていたらヤンキースのシェフィールド外野手の長いインタビュー番組がはじまった。

私はこの選手に興味がある。これまでいろんなタイプの選手を見てきたが、あれほどフルスイングをするバッターを見たのは初めてだ。私が少年時代に巨人軍にハワイ出身の宮本という打者がいて、このバッターがフルスイングをするとすごい音がした。空振りなんか皆驚いていた。中日の江藤慎一選手の空振りも有名だった。

しかしシェフィールドにはかなわない。しかもスイングの始動までにバットを最速ピッチのメトロノームのように振り続ける。あれで百五十キロ以上の速球を楽々打てるのだから素晴らしいバッティングである。イチローなど問題にならない動体視力を持っているのだろう。

　この選手の目がイイ。普通の人があの目をしていると、見た者は、

「完全にトンでる、イッてる目をしているね」

　と近寄ることもはばかる。

　何しろこれまでに二度も発砲事件に巻き込まれているし、彼の長男はシェフィールドが
十七歳の時の子供である。いや尊敬してしまう。

　シェフィールドのことをヤンキースの松井秀喜選手に訊《き》いた。

「見た感じトンでるというかイッてる感じがするんだけど実際のところはどうなの？」

「見てのとおりです。ゲームが終わってつき合ったりするとヤバいかもしれませんね。で
もグラウンドではとてもいい奴です」

　やはり人は顔に出るのだ。

　少し前の話になるが、ふるさとダービー豊橋の最終日、決勝戦を雷蔵と二人で電話投票
を打ったのだが、雷蔵があとわずかの金であの決勝戦の3連単を的中した。
　――やるもんだ。
　と思った。
　私の方はすっかり外したと思って雷蔵に電話を入れ、

「おまえさん、さすがやな」

と誉めたら、

「あれ、そっちも抑えてたでしょ」

と言われ、電投の購入記録を読み直した。

――あれ、買ってやんの。

それはそれで元返しだったので喜びはなかった。

このあとの数日間の雷蔵の電投戦線が素晴らしかった。なんとS級戦の優勝戦を三戦的中させた。

雷蔵は夏競馬でやられたらしくその負け分が取り返せて余裕が出たのか私にまでご祝儀をくれた。

歳下にご祝儀を貰《もら》うなぞ以前は考えられなかったが、喜んでる自分を見て妙な気分になった。祝いの電話を入れると雷蔵は余裕こいていた。聞けば父上が入院している病院にいるという。

「おやっさんまだ生きとんのか」

「そうですわ。やりますでしょう」

「けどもうフランケンシュタインみたいな身体になっとんのと違うのか」

「そうですわ。けどそのフランケンが相変わらず馬券買ってくれとか車券買《こ》うてくれ言いよりますねん」

「そりゃ結構なこっちゃな」

ギャンブル好きは親が元気なうちはいくらでも叩《たた》いて金を出させるが、弱った姿を見ると普通の人より面倒見がイイ。世話になったことの記憶力もイイが、人としての基本がしっかりしているのだろう。

そういえば今回の旅の間にオールスター競輪がある。

ポイント制というわけのわからないことをやっているが、あれなどは稼いだ金は換算すりゃ済むし、その方がファンにもわかり易い。

旅に出る前に東京・浜松町《はままつちょう》の書店でサイン会をした。

そこに井上茂徳、富原忠夫、大和孝義の三人の往年の名選手がひょっこりあらわれた。皆歳を取っていた。鬼脚こと井上の顔は競輪放送でよく見るが残る二人は十年以上逢《あ》っていなかった。懐かしかった。

あの頃、どうしてあんなに毎日競輪場と雀荘《ジャンそう》に入り浸れたのかよくわからない。

早いところ残りの仕事を片付けてまた昔の自分に返りたい。いい加減つまらないことをやめなければ私は本当にダメな人間になってしまう。

どこかのちいさな町の片隅でアパート借りて、静かに狂いたい。

私のキャラといい性格といい色といい、
タイミングからしたって
今、サラ金の
イメージキャラになるのは
私以外ないはずだ。
借金
かあさん。
オファーおまちしてます。
御利用は計画的に。

これも旅打ち

今日は名古屋オールスター競輪の四日目、準優勝戦である。その結果をパリから電話で聞きながら、どのレースを打ってやろうかと考えている。今（９月18日）、パリは午前四時で、私は時差で目が覚めてしまい、丁度いいからヤンキースのゲームから聞くことにした。聞くといってもラジオではない。すべて電話で家人や知り合いに聞く。ヨーロッパ人はまったく野球に興味がない。どうやら一対〇でブルージェイズに勝った。レッドソックスも勝ち、ゲーム差は１・５のままだ。

ブルージェイズ戦で松井秀喜選手がファインプレーをしたらしい。どんなプレーかはわからぬがゲームの勝敗を決めるプレーだったようだ。

この土壇場にきて松井選手が力を発揮する。これがトーリ監督の采配《さいはい》の素晴らしさである。

田口選手のカージナルスも地区優勝を決めた。今年の田口選手の活躍は大拍手ものだ。大リーグに入る時にさして注目されなかった田口選手がよくマイナーリーグで頑張って、地区優勝するチームで百安打を打つレギュラー選手にまで踏ん張った。

日本でもメジャーでもプロ野球の目標は優勝である。

今のヤンキースのゲームを観ていて何が面白いかというと、チームが一丸となって勝つためにベストを尽くそうとしているからだ。いくらの年俸の選手であれ目標はひとつしかない。優勝することなのだ。

今日の松井選手のファインプレー（私は観てないのだが、ひょっとして明日のヘラルド紙に掲載されているかもしれない。二年前に松井選手のフェンスに激突してのプレーがパリのヘラルド紙に載ったことがあった）は〝すべてはチームの勝利のために〟のプロ選手の何たるかが出たプレーなのだろう。

昨日、ボンズがひさしぶりに出場してホームランを打ったが、ボンズとジオンビの違うところは、ジオンビは薬物を認め、早くチームのためにプレーがしたかったのに比べ、ボンズは自分の記録や名誉がチームの優勝よりも大事だったことである。昔からこの手の選手はごろごろいる。だから私は記録がどうのこうのというのはチームには害の方が多く、野球本来の目的とは違うことなのだといつも思っている。

イチロー選手が今シーズン四月いつもより好調で三割を打って六、七月の成績が悪かった時、四月の成績が良過ぎた。春先は極端な話、一割台の打率の方がいい、と発言していた。

――オイオイ、一番バッターが一割台ではチームは勝てないだろう。

いくら記者の質問に面白く答えてやったとしても、このコメントは、〝極端な話〟ではなく、プロ（いや、アマチュアでも）として失格の発言なのである。記者もこういう話は記事にしないのが普段のつき合いの在り方なのだが……。

オールスターもあと二日なので、そろそろ電投で打とうかと思って共同コンツェルンの残金を調べたら、ほとんど金が残っていなかった。

――何じゃこれは？　たしか旅に出る前は七桁《けた》あったのに。

どうやら雷蔵が一人で突撃したらしい。こいつ本当に二十代の私に似ている。加減を知らないし、己の器がわかっていない。

すぐに雷蔵に電話を入れて、何をしてんの、と言うと、笑ってはいたが、こちらも忠告だけした。

「その残りはひと山あたった金の残りだから普通の金の残りじゃない。こういう残り金はまた元の山に戻れる可能性のある金だから慎重に打った方がいい。ムキとヤケが一番イカンゾ。わかったな」

さてどうなることやら。

ギャンブルに強い者の特徴のひとつに最後の踏ん張りがきくかきかないかがある。これが負けないことの肝心でもある。張り金が下がってからどれだけ踏ん張れるかだ。そういう時に必ず上昇の芽が顔を出す。

だから長くギャンブルをしてきた者は決してオケラにはならない。たとえわずかな金でもポケットの隅に残しておくものなのだ。ギャンブルは他人のためにするものではないから自分がどんなにみじめであろうと踏ん張る底力を、余力を残しておくのが大切なのだ。

今回オールスターはポイント制というわけのわからないものを導入した。本日の準優戦で8、9、10レースの三レースが一着勝利で決勝進出するのだが、これが車券を考える上ではひどく難しい。先行選手が逃げ切るレースを試みなくなるので、レースはごちゃごちゃになる。これが一番今の競輪がやってはいけないことである。ごちゃごちゃのレースを初めて競輪ギャンブルを打ちにきた人が見れば、二度と金を賭《か》けなくなる。困ったものだ。いったい誰がこんな制度を考えるのだろうか。素人は何をするかわからない。

競輪も郵政事業と一緒で民間にまかせないとどうしようもないのだろう。

競輪の制度を変える時に大切なのはレースの公平性が保たれるかにある。それが実は車券を考える時の第一の基準だからだ。その点で競輪は草創期から頭脳を持つ者がいた。だから隆盛期を生んだのだが、それをわけのわからぬ連中が数年でこわしたのだから、よく歴史で言う、〝千年かかって築いたものでも一日でこわれる〟の格言は生きているのであろう。

パリには一日滞在して、スコットランドに撮影に行くのだがテレビを点《つ》けるとスコットランドは雨である。

この時期、スコットランドへ撮影に出かけるのは大変だ、と誰一人口にしなかったが、怖いことだ。

もうすぐ夜が明ける。日本では準優戦がはじまる。雷蔵に電話を入れると少し巻き返しているらしい。

8レースは渡邉一成の後位で小橋、兵藤、松永が競る。ほらこういうレースになるだろう。車券の買いようがない。

今日は見《ケン》にして、明日の決勝戦をスコットランドから打つかな。

決勝戦はロンドンのホテルで早朝起床して打った。私は東北勢が坂本―佐藤―有坂なら佐藤の優勝はあると思った。神山は金子の番手に行くだろうから佐藤から神山、金子、有坂のからみで打った。あとは吉岡がこれるかどうかだ。吉岡の車券は金を捨てる確率が高すぎるが、今回はグランドスラムもあり、少し抑えてみた。結果は東北勢の作戦が甘すぎた。まだ佐藤あたりでは競輪がわかってないのか。

ロスアンゼルス、ロンドンで電投を打つのも旅打ちというのだろうか。

クリスマス島のあの赤ガニは
食べられないのだろうか？
いやいや世界のカニは等しく
美味であるはずだ。
憂蟹
次の海外はあの集団蟹

『熟女炎上』

スコットランド、グラスゴーでの最後の夜、狙っていたカジノに出かけた。

イギリスは昔からギャンブルが好きな国柄だし、スコットランド人もギャンブルに熱くなる気質だと聞いていた。

「カジノはあるのかね？」

私はコーディネーターに訊《き》いた。

「ええ、たくさんありますよ」

それで決まった。

ところがこちらのカジノは入場するのに二十四時間前に登録しておかなくてはならないらしい。前夜、登録に出かけてガラス越しに中の様子を覗《のぞ》いたが、ワイワイ騒いでいる客が多く、大丈夫かな、と思った。

翌夜、夕食のあとでカジノにくり出すと、案の定ここのカジノは田舎のカジノだった。客は酒を飲んできた者がほとんどでレートも驚くほど安い。おまけにディーラーは客の張り目とは関係なしにルーレットを回しはじめ出《で》鱈《たら》目《め》に放るだけだった。

――これなら勝てるかもしれない。

相手が出鱈目に放るのなら大勝もあり得る。嵌《はま》れば際限なく増える。それがルーレットというものだ。逆の場合もあり得るが……。

さて期待してはじめたが、三、四〇分打っても行ったり来たりで進展がいっこうにない。少しずつジリ貧になっていく。

——さてどうしようか。明日は別に仕事はないし、金も何とかなる。オールスター競輪は外れたがたいしたマイナスではない。

少し休むことにして一緒に出かけたスタッフの様子を見ようと台を離れた。チーフ格の編集者の姿が見えた。他の人たちはどうしたのかと訊くと、とっくに引き揚げたと言う。気付いたら二時間近くが過ぎていた。夢中だったのだろう。それにしても時間の感覚が少しおかしい。時差のせいだろうか。

——これ以上打っても無駄か。

周囲を見回した。客は酔って騒いでいるだけだ。十年振りに仕事をしたチーフ格の編集者をこれ以上待たせるのも悪い気がした。

ここら辺りの冷静さというか、私の中の馬鹿や愚かさがどこかに消えてしまっている。

「では引き揚げるとしますか」

「えっ、もう帰られるんですか」

「日本に戻りましょう。日本なら……」

と言いかけてよした。

——日本なら別の種目もあるでしょう。

そう言いたかったが、はたして日本なら面白いものがあるのかどうか本当のところはわからない。

ここ数日、日本に電話してヤンキースの結果を聞いている。ようやくレッドソックスをとらえて首位（9月22日）に立ったが残る八試合をどう戦うかで今シーズンのすべてが決する。去年の十月のプレーオフが残念な結果だっただけに松井秀喜選手に甲斐《かい》ある秋にさせてやりたいが、勝負事は人の善し悪しとは無関係なところで決するので、これはかりは仕方ない。

ロンドンから乗る飛行機が出発する間際までヤンキースの試合状況を電話で聞いていたが、五回裏にジータの適時打で二対三に追いついた。その後はどうなったか。飛行機の中の電話で聞いてもいいが、そこまですることでもあるまい。

日本に着いて成田から電話をすると八対四で勝っていた。レッドソックスも勝って同率首位である。

あと七戦で今シーズンのすべてが決する。ワイルドカード（同リーグの二位のチームで一番勝率のいいチームがプレーオフの権利を得る）も絡んで、インディアンスとどうなるかも注目しなくてはならない。

メジャーの面白いところは前半のシーズンが終了して十ゲーム差などはあっという間にひっくり返ってしまうことだ。

常宿のホテルに到着し、時差でうとうとしながら取りあえず鮨《すし》でもとつまみに行った。店のカウンターでまたうとうとしてしまう。

その時、妙な夢を見た。

先日、亡くなった早川謙之輔さんと木曾《きそ》の山奥に入っている夢だった。

目覚めてから、どうしてあんな夢を見たのかと考えた。

——マッキントッシュだな。

とわかった。

日本に出発する日の朝、グラスゴーの町でマッキントッシュがデザインした椅子やティールームを見学した。その時、早川さんのことを思い出し、あの人の作品はどういうかたちで世の中に残っていくのだろうかと考えた。その感情が夢になってあらわれたのかもしれない。

翌朝はまたヤンキースなのだが、夜中に目が覚め、それでもうとうとしながら朝八時まで頑張った。

ゲームがはじまるのをベッドで横になって眺めていたら、そのまま午後まで眠りこけてしまった。もっとも途中六対〇で勝っているのを一度見たので、きっと安堵《あんど》して寝てしまったのだろう。

午後に新しい本の見本が届いた。『ツキコの月』(角川書店刊)。この夏の間苦労していたものだが一冊になるとどこか健気《けなげ》な表情をしていないでもない。

十月三日に本が出て、十月五日にこの本を原作にした芝居が帝国劇場で初日を迎える。森光子さん主演である。初日に観劇に行くのだが、座席で眠ってしまわないか今から心配で仕方がない。

アルゼンチンのブエノスアイレスが舞台になっているのだが、一度も足を踏み入れていない土地のことを小説にしたのは初めてだった。書いていて、大丈夫かしら、と何度も思ったが、こうやって一冊の本になるとそれなりに恰好《かっこう》がついている。これだから小説は怖い。

十月は久々に作詞した歌も出る。

内田明里さんに書いたものだが、タイトルが驚く。『熟女炎上』である。歌詞の一部を紹介すると、

初恋は遠いこと?

いいえ、今夜の二人です。

男と女が燃えるのに

馬鹿ネも垣根もいりません……

こういう詞を気楽に書いたのだが提出するとレコーディングスタッフが大喜びした。本当かよ?

ともかくいろんなことがある十月になってしまった。

「最近は週刊大衆のカットの
ひとふでがきにも ますます
みがきがかかり」
とゆう
季節の
あいさつ
のついた
お手紙を
いただく。
これのことかいな。

宮里藍、武豊、松井秀喜

ようやくヤンキースがプレーオフ進出をはたした。

地区優勝の決定は一位と二位が同率であればそのチームとの対戦成績で決定するとは知らなかった。

それにしても長いシーズンのそれも最終戦百六十二試合目でプレーオフ進出が決まったレッドソックス、惜しくも進出を逃がしたインディアンス、最後までプレーオフの初戦をどこで戦うかが決まらなかったエンジェルス、ヤンキース……、などワクワクさせられたシーズンだ。

こうなったのもメジャーの野球が決して最後まで手を抜かないし、逆転の可能性にかけて戦い抜くからだ。

松井秀喜選手の全ゲーム出場と打率３０５、23本塁打、１１６打点は立派な成績である。ゲームが終わって選手たちはニューヨークには戻らず真っ直ぐエンジェルスの待ち受けるロスアンゼルスにむかった。

二十連戦を終え、一日置いてもう戦いのはじまりなのだからタフという言葉だけでは彼等の精神力を表現できない。

あのトーリ監督が地区優勝が決まった瞬間涙を見せていた。よほど苦しい日々が続いていたのだろう。

ひょっとしてトーリ監督は今年限りで引退するかもしれない。最後をワールドチャンピオンの監督として終わることができれば幸せこの上ない監督生活になるのだろう。

それにしてもよくテレビを観た週だった。

向日町《むこうまち》記念競輪。スプリンターズステークス。それに日本女子オープンゴルフ……。

向日町記念は地元の村上義弘がようやく復調した。先行選手は一度調子を崩すと、やはり元に戻るまでかなりの日数を必要とするのがあらためてわかった。二着にきた小嶋敬の走りを見て、レース運びが大人になった気がした。走り方の幅が広がったのかもしれない。しかしこれから先行、捲《まく》りのバランスが必要になる。捲り一辺倒ではすぐに力が落ちてしまう。

スプリンターズSの勝ち馬、サイレントウィットネス。これはまたえらく強い馬だったが、こんな強いスプリンターがいたなんて全然知らなんだ。デュランダルもあの位置から差せるはずはない。これはもう脚質の違いだからどうしようもない。むしろ三着にきたアドマイヤマックスの武豊の騎乗はさすがだと思った。この日も四連勝していたが、私が海外に行ってる間も絶好調だったらしい。たいしたものだ。

さて、ヤンキースのゲームとともに私が注目していたのが宮里藍選手の日本女子オープンのプレー振りだった。

三週間前に私はロスアンゼルスで藍さんと某雑誌で対談した。

初対面ではなかったが、爽《さわ》やかな印象はテレビから伝わってくるものと同じだった。話していていくつか感心させられるものもあった。

藍さんは今のプロゴルファーの中でははっきり言って身体がちいさい。それはこの夏、軽井沢《かるいざわ》で開催されたNEC軽井沢72でクリーマーというアメリカの新人選手とマッチプレーのような戦いをしているのをテレビで観て、こんなに体躯《たいく》が違っていては大変だろうナ、と思った。

そのことを質問してみた。

「これまで身体がちいさいことでハンディを感じたことはありませんか」

「バスケット部にいる時は感じたことはありますが、ゴルフにおいて身体がちいさいから不利だと感じたことは一度もありません」

そう彼女はきっぱりと言った。

――ほおっ……。

と思った。

その藍さんと対談を終え、私はすぐにヨーロッパに出かけた。パリに着くと対談の進行役をしてくれた編集者から電話が入った。

「いや、大変ですよ。QT（アメリカ女子ツアーに参加するための予選会）の一日目、藍チャンの成績が１０６位なんですよ」

「四日間だから何とかなるよ」

「それが明日70位まで入っていないとカットされるんですよ」

「えっ、本当かね」

「大丈夫ですかね」

「あの人の運と精神力が強ければ70位まで入るさ」

「強いんですかね？」

「強いから対談したんじゃないの」

「そりゃそうですね」

私も心配になってパリから深夜、日本の知り合いのスポーツ記者に電話を入れ、二日目の成績を訊《き》いた。

「いやすごい選手ですね。6アンダーでプレーして11位に入っていますよ。やはり大型新人ですよ」

胸を撫《な》で下ろした。

——それにしてもたいしたものだ。

その藍さんが出場する今回の日本女子オープンはいろんな意味で大切なトーナメントだった。

彼女の今回の実力がどの程度のものか。海外から戻ってすぐにプレーをしてどのくらいのプレーができるか。開催されるゴルフコースが戸塚《とつか》カントリーということで、東京近郊のコースではどれほどの観衆がつめかけるか。かつて岡本綾子がそうであったように実力日本一の選手が海外に出てプレーすることで、日本の女子ゴルフの力量がわかることになる。勿論《もちろん》、賞金女王とか最年少でのさまざまな記録もあろうが、記録はたいしたことではある。大切なのは宮里藍が日本の女子プロゴルファーの中心であることを証明することでない。

はたして結果はテレビ、新聞で報道されたとおりである。

プレーを見ていて何が他の選手と違うのだろうかと思った。

――この選手は孤独を知っている。

そう思った。一人で打ち勝つことがまずはスポーツの基本にある。周囲の力、応援は、その一人での忍耐力があって初めて成立する。

この点が松井秀喜選手と似ている気がした。他のスポーツで言えば、武豊騎手である。

インタビューで少し涙が見えたのは二十歳だからか。そうも言えるが、私はQＴの試練からずっと耐えていたものが表面に出たと思っている。

私なんぞと余計な対談をさせたのも重荷だったのではと反省している。

よく頑張りましたね、宮里藍さん。

中国のシマコちゃんからメール
「上海がにも男もおいしいわ。」
うーん
食欲の秋
性欲の秋。
私のあげたイラストはんこにしてくれたって。
あんがと
使ってね。
一日一フェラ

人は仕事が顔付きに出る

今年は仙台の夏を見ないまま秋になってしまった。

ひさしぶりに仙台に帰ると、すっかり秋である。

私が仙台にいると天候は相変わらず良くない。ずっと雨だ。

テレビを点《つ》けると共同通信社杯の二日目を放映していて、四国の瀬戸内沿いは秋晴れの日和である。

ヤンキースはエンジェルスと一勝一敗で分け、ホームのニューヨークに戻り、いったん松井秀喜のホームランなどで逆転したものの中継ぎ投手が打ち込まれ、一勝二敗であとがなくなった。

四戦目を観ようと朝の五時に起きたら雨で中止だと。この次のゲームはロスアンゼルスでやるのだろうか。それとも日曜日の昼間ニューヨークでやって二勝二敗になればすぐに移動し翌日ロスアンゼルスでやるのだろうか。たぶんこのままニューヨークだろうな。しようがないのでまた寝た。

目覚めると競輪の三日目1レースがはじまっていた。

松山競輪場が新設されたらしい。400バンクに変わった。検車場も新しくなって何やら新鮮に見える。その検車場でインタビューしていた。

このインタビュー時の選手の恰好《かっこう》と態度を見て驚いた。

ほとんどの選手が安いチンピラ同然の服装と髪型、それに受け答え方である。それにしても競輪選手はどうしてこんなにファッションセンスがないのだろうか。ファッションのセンスがない選手が競輪を走ってもセンスがないのは当然なのだろう。

ピアスを付けてるのは若者だから仕方ないにしても、ともかくセンスが悪過ぎる。金をかけてお洒落《しゃれ》してるのだろうが、間違いだらけだ。少しは雑誌を見て勉強したらどうなんだろうか。髪型もひどい。チャラチャラしているのは恰好だけではなく、インタビューの受け答えもそうだ。ガム噛《か》んで話してるメッツの松井みたいなのもいるし、ホストクラブのホストみたいにニヤニヤしているのもいるし、こんな選手にファンが金を賭《か》けているかと思うと可哀相になる。

しかし面白いのは恰好がそのまま走り方に出ている点だ。気迫、闘志、根性がない選手に限ってキンキラの恰好をしている。

ひと昔前なら、競輪選手が街を歩いていると、その姿、かたちからはまともな職業には見えなかった。まず目付きが違っていた。そこいらのチンピラでも一目置くような迫力があった。別に変わった服装をしていたわけではない。

――どうしてそんなに凄味《すごみ》があったのか?

理由は簡単である。以前の競輪はひとつ間違えればバンクで死ぬこともあったからだ。それと同時に死ぬ気で練習し、死ぬ気でレースに挑んでいた。プロボクシングと並んで真の男の格闘技だったからだ。だから多くのファンが惜しげもなく金を賭けたのだ。

まあ昔のことはどうでもいい。

選手のインタビューを見て、どうして競輪からファンが去って行ったかはよくわかった。

それにしても死にもの狂いで練習している若者が一人もいそうにないのには呆《あき》れた。

その人がどんな仕事をしているかはやはり顔に出るものだと私は思っている。

政治家は国民を裏切ってばかりいれば醜い政治家の顔になるし（今の政治家の話ですが）、企業家、商人は己の金だけが増えれば何をしてもいいと金だけを追い駆けていればやはり今流行《はやり》の企業家の顔になる。

相撲取りで言えば横綱になれば少しずつ横綱の顔になるものだ（若、貴はいつまで経ってもそうならなかったし、ましてや騒動を起こしてからは二人ともひどい顔付きになった）。刑事は犯罪を追っているうちに次第に刑事の顔になるし、ヤクザは渡世の稼業を続けていればチンピラとは違う顔付きになる。

〝顔付きがかわる〟と言うが私はこの言葉は本当だと思う。

――どうして人は顔付きがかわるのか？

それは身に付けたものが、その人の身体に浸透し、やがて表面に出てくるからだろう。

女の姿もしかりである。

安いことばかりをしている女は、安い、卑しい顔付きになるし、今は苦しくとも自分の目指すものにむかって日々健気《けなげ》に頑張っている女は時間が経つと驚くほどいい女になっていく。

ただそういう変化に気付かないという人があれば、それは気付かない当人がつまらないことばかりをしていて目が曇っているからだ。

共同通信社杯の最終日、朝からニューヨークでは土壇場に追いつめられたヤンキースがエンジェルスと戦い、何とか対戦成績をタイにした。

——いやはや、よく勝った。

応援する方も疲れてしまう。

ゲームを見ながら最終日を電話で打っていた。

2レースの垣外中選手を狙って二着付けで3連単を買った。レースは垣外中が好走し、一着が佐々木雄一、三着が北野武史で3連単は2万6860円の配当。

——これはいいぞ。今日はいけるかもしれない。

電話で入金の確認をしたら、まだベット数が999と言われた。

——おかしいナ。2レースを買ったはずなのに……。

なんと自分では打ったつもりが最後の受付番号を押してなかった。

——まあいい。たかだか二、三十万の話ではないか。ヤンキースも勝ったのだし、そちらの中継を観るのに夢中だったのだから……。

結局、この日はなぜか中途半端で終わってしまった。

三日目の11レースの金子貴、海老根、金田健を少し取り込んでプラスになっていたので、どこで打つかが決勝戦まで決まらなかった。

決勝戦の私の新聞予想は金子、大塚、佐藤慎だったが、朝からどうも金子の目がない気がした。

それで打ち切れずに一日が終わってしまった。

そういう日もあるのだろう。

夜半、目覚めて仕事をはじめるために浴室に冷シャワーを浴びに行くと、鏡の中の自分の顔がひどくぼんやりしていた。

リリーフランキーさんにあった。
はげしくおびえていた
朝まで
帰れない
ぼったくりバーのママ
との
酒
みたいな。

少し教えてやるかな

ヤンキースがプレーオフに敗れてしまったので、午前中何もすることがなくなってしまった。

ホワイトソックスとエンジェルスのゲームも見ていてあきてしまう。

カージナルスとアストロズも田口選手の打席以外、面白くもなんともない。

このふたつのゲームを見ていて、ヤンキースの野球はやはり観戦していていろんな楽しみがあったことがわかった。

また春まで待たなくてはならないかと思うと、秋と冬がずいぶんと長く感じる。

秋華賞《しゅうかしょう》はエアメサイアに騎乗した武豊騎手の相変わらずの上手《うま》さにただただ感心した。

ラインクラフトの福永騎手もベストの騎乗をしているので、ああなったら、これはもう馬の脚質の違いで仕方あるまい。

以前、武騎手と話をした時、

「一着でなければ二着も三着も同じ処が競馬にはあるんです」

と言っていた。

たしかダービーでゴール前差された年だったと思う。

あの秋華賞を見ていて、彼の言葉を思い出した。

それにしても武騎手の充実振りは素晴らしい。

今週は日本中が注目するシンボリルドルフ以来の無敗の三冠馬が誕生するかどうかの菊花賞《きくかしょう》がある。

ディープインパクトは秋、初戦も順調に勝ち上がって、ひさしぶりに競馬好き以外の人もレースを見るのだろう。

皐月賞の前だが、武騎手と電話で話した。

「あのディープインパクトという馬はずいぶんと目が綺麗《きれい》だね。あの目はひさしぶりに見たよ」

「そうですね。いい目をしてますよね。でもそれ以上に強いですよ。ひょっとして大物かもしれません」

武騎手の期待は大当たりをしていたことになる。

秋華賞を見ながら京王閣記念のオッズを見たり、男子のプロゴルフトーナメント（日本オープンゴルフ選手権）を見ていた。

最終組の川岸良兼と伊沢《いざわ》利光がスコアを落していた。

――またか……。

日本の男子プロゴルフのトーナメントを見ていて、トップに立った選手が自滅し、外国人選手が勝つケースをこれまで何度も見ているから今回も同じかとチャンネルを替えてしまった。

今はアメリカのプロトーナメントを毎週テレビで観ることができるので日本とアメリカのプロゴルファーの差が歴然とわかる。差は仕方ないとしても、何が足りないかと言うと、プロであるからやはりショーの要素がないとファンは楽しめるはずがない。

アメリカのトーナメントはよほどの難コースでなければ（パインハーストとか）最終日はプロゴルファーたちの攻め合いが続く。そうしてスコアが上がっていくから面白いのである。ゴルフだからプロとはいえミスショットはある。しかし肝心な場面ではまずミスをしない。それが日本のプロの場合多過ぎる。

――何がそうさせるのか。

私は練習不足だと思う。オフシーズンを含めて、死にもの狂いでトレーニングしている選手が何人いるだろうか。

私は三年余り、タイガー・ウッズの取材をアメリカでしていた時、トーナメント中もラウンドのあとで若手プロがコーチについて何時間も練習していた。それはタイガーも同じだった。

その時、こんな話を聞いた。或《あ》るベテランプロゴルファーが言った。

「あと一年か一年半、100ヤードから130ヤードの距離の練習をし続ければ、そのショットが身に付くと思う」

――そんなものなのか。

とプロの練習の厳しさをあらためて知った。

夕刻近くになって女子プロゴルフの中継がはじまった。男子とトーナメントを時間差で中継しているのは男子トーナメントへの配慮だろうか。

宮里藍選手の様子が見たかったのだが、あまりスコアは伸びていなかった。

不動選手が独走状態だった。

二位は横峯選手だが、相変わらずロングホールの二打目で濡《ぬ》れたラフからウッドクラブを振り回していた。たしか昨日はドライバーを使っていた。ドライバーを使うショットの専門的なことはわからないが見ていてあまりにプレーが雑に見えた。

それにしても不動選手は強い。これで結婚してさらにヤル気が出たらまた強くなるんだろうナ。

上京して、新刊が出版されたのでサイン会をやらされた（こういう場合はさせて戴《いただ》いたと書くのか）。『ツキコの月』（角川書店刊）。

女優の森光子さんの舞台の原作として書いたのだが、脱稿が遅くなり役者さんと舞台関係者に迷惑をかけてしまった。

それにしてもサイン会によく人が来てくれる。有難いことなんだろうナ。でもいつも一時間も二時間も待って貰《もら》って悪いような気がする。こういうのを私はどうしていいのかまったくわからない。

サイン会が終わっていつも寄る銀座の鮨屋《すしや》で一杯やり、ひさしぶりにクラブに行った。

そばについた女の子が言った。

「あなた、伊集院って、芸能人なんでしょう」

「ヒカルか」

「ヒカルは太っているでしょう。あなたは違う芸能人よ。知ってるわ」

「そうか、知ってるのか。でも最近仕事がなくてな」

「仕事選んでちゃダメよ」

「そうだな……」

それでしばらく飲んでいたのだが、何か変な感じだった。

そういえばサイン会場に宮里藍選手から花が送られてきていた。

——嬉《うれ》しいな。

これまで花を貰った中でもかなり嬉しい順位に入る。

パターが少し入ってないようだったから花のお礼に少し教えて差し上げようかナ。松井秀喜選手が帰国したらバッティングも教えなきゃいけないし、忙しい暮れになりそうだ。

みうらじゅんさんが、みうらじゅん賞とゆうのをくれるって。
ジョージルーカスにも送られたゆいしょ正しいブツらしい。
つつしんでお受けします。
アコムの融資のたしにでもなれば
なりません

やりたくてしてるんじゃ……

菊花賞の前日、東京競馬の最終レースで1846万9120円の3連単の最高配当が出た。

3344番人気だそうだ。
③—⑪—④の出目である。
的中は十八票。このうち電話投票が八票。的中させた当人がさぞ驚いているだろう。

馬主の関係者か生産牧場の者しか買えないいんじゃないか。それともこの三頭のどれだかで、これまで馬券を取った者か……。

まあともかく目出度《めでた》いことだ。

——お大事に。

これしか言えない。

さて肝心の菊花賞が明日に迫りディープインパクトの関係者もそうだが、武豊騎手もひさしぶりに緊張しているに違いない。

シンボリルドルフを岡部幸雄騎手が騎乗し、八戦八勝である。よほどの幸運に恵まれないと三冠馬でしかも無敗の馬には巡り逢《あ》えない。

幸運ではあろうが同時に責任と重みは並大抵ではあるまい。

武豊騎手は天才と呼ばれるが、天才などと当人も思っていないだろうし、私も彼が天賦の才能だけでここまできたとは思っていない。

他の騎手より、よくレースを考え、レース中の状況判断を冷静にこなし、しかも強い精神力を持ち合わせている。しかし強靭《きょうじん》な精神などというものは、人間に最初から備わっているものではない。

やはり人一倍、踏ん張るところで歯を食いしばってやっているだけの話である。

それが他の騎手にはわからないから、あいつはいい馬に乗せて貰ってるし、天才だし、などと言って片付けてしまうのだ。そうなればレースがはじまる前に勝負の大半は決していることになる。

ともかく明日、武豊騎手の笑顔が見たいものである。

川崎での今年、最後のナイター競輪の最終日。新田康仁から買って3連単を二、三着、好配当に流した。新田―高木はわずかしか抑えていなかった。

やはり2車単の②―①、450円に絞るべきだったか。


昨夜、少し六本木《ろっぽんぎ》で飲み過ぎたせいか、昼過ぎまで寝てしまう。

菊花賞がはじまるまで風呂《ふろ》で汗を流した。

この頃は二日酔いもたいしたのがなくなった。

以前は目が開かないとか、起き上がれないとか、自分の名前が思い出せないとか、家人を見ても誰だかわからないというのまであった。

酒をとことん飲める体力もなくなったのだろう。

バスルームを出てテレビを点《つ》けると歌手の二人組がスペイン旅行をしている番組を放映

していた。

〝ゆず〟という二人組だった。

――どっちが、ゆ、で、どっちが、ず、なんだろうか。

マドリードの風景が懐かしかった。

菊花賞の中継はいつもより三〇分早く、やはり二十数年振りに無敗の三冠馬が誕生するかというので盛り上がっていた。

単勝のオッズが、１・１倍と１・０倍の元返しをくり返している。

長く競馬をやってきたが、ここまでのオッズは見たことがない。

――死角はないのか。

死角がない競走馬がいるはずなどない。敗れる要素はいくつもあるが、その要因の大半がジョッキーが背負わされている感じである。

パドックでもいつもよりおとなしくて、少し大人になったか。

――そうじゃあるまい。

武騎手が騎乗しても、本馬場に入っても落着いている。

――これは圧勝かな。

そんなわけはあるまい。

ゲートが開いて、ディープインパクトはいつもよりもスタートが良かった。これが災いした。えらい勢いで行きたがっている。半周近く手綱を引きっ放しである。

――こりゃ、あかんぞ。

口は開けてるし、走行フォームも崩れかかっている。これで首でも振ってしまうと終わりである。

一周過ぎたところでようやく落着いたが、前を走るアドマイヤジャパンの行きっ振りとペース配分が素晴らしい。

3コーナー手前から上昇してきた。

――まだ使える脚はあるのか。

直線に入って七、八馬身差はあるし、前を行く馬の脚色がえらくいい。

――ここからもうひと走りできる力を、この馬は持っているのか。

武騎手が二度、三度と鞭《むち》を入れると、

――あっ伸びた。まだ脚があるんだ。この馬には……。

ゴール板前を過ぎた瞬間、見ているだけでも身体が熱くなった。

――こんなに使って脚は大丈夫なのか。

馬が停止するまで画面を見ていた。なんと少し止まっただけですぐにまた走り出しやがった。

――なんて馬だ。

武騎手のインタビューにこのレースがいかに大変だったかすべてがあらわれていた。

他の騎手では経験できない重圧を背負っているからこそ、彼にだけ栄光は舞い降りてきたのだろう。

いやはや馬も素晴らしいが騎手も素晴らしい。よくこのちいさな名馬が彼に巡り逢ったものだ。

お目出度う、武騎手。

これほどのレースを見せてくれたお礼に、今度どこかで逢ったら、ご馳走《ちそう》して貰おうかナ。

それにしてもディープインパクトの単勝馬券を買って記念に換金しない人が大勢いるらしい。

——何考えてんだか。

馬券は金に換えなきゃおかしいでしょう。

ＪＲＡは丸儲《まるもう》けじゃないか。それほど裕福な人が多いということか。

珍しく週末を東京のホテルで仕事ばかりして過ごした。

働けど働けどちっとも楽にならないのだけど、どうなってるのかね。

遊び過ぎだって？　私が遊ばんで誰が遊ぶんですか。私だってやりたくてそうしてるんじゃありませんよ。

——何を言ってんだか。

伊集院×西原「なんでもあり座談会」

後編

ゲスト：武 豊

伊集院　私も昔は相当馬券を買ったけど、最近はほとんど買わなくなっちゃったよ。

西原　なんでですか。

伊集院　ユタカ君のせいだな（笑）。

武　仲人《なこうど》ですからね。

伊集院　そうだね、変に疑われたくないし。ユタカ君の名前を傷つけてはイケナイと……。でもそれよりも、あるとき新馬戦を見てたわけ、競馬場で。新馬っていうのは初めてレースをするわけだからさ、馬自身は何がなんだかわかってないのよ。だからコーナーを曲がりきれず、逸走するのもいるんだな。

「馬や馬場は何も言いませんから」

武　いますね。

伊集院　で、そのときユタカ君が乗っていた馬が4コーナーを曲がりきれずまっすぐにスタンドに向かって走ってきたんだよ。いやあ、その時の彼の顔ったらすごかったね（笑）。

武　笑い事じゃないですよ、乗ってる方は。

伊集院　それでハタと思ったわけ。ユタカ君ほどの騎手が制御できない、馬という動物に命の次に大事な金を賭《か》けていいもんかって。

西原　競輪選手だって似たようなものだと思うけど（笑）。

武　競輪選手の場合は、言い訳できないで

すよね。自分で走ってるんですから。僕らは馬場状態とか、いろんなことを言い訳にできるからまだいいですけど。

伊集院　確かに騎手は言い訳がうまい（笑）。

武　そうですね。馬や馬場は何も言い返しませんから（笑）。

伊集院　ユタカ君を初めて競輪場に連れて行って、好きな車券を買いなさい、と言ったの。するといきなり的中だ。理由を訊《き》くと新聞のコメントだっていうんだ。この選手は負けた時の言い訳をしてるからダメですよ。外しましたって。そしたらやっぱり、その選手はこなかったね。

武　僕は競輪を買う時には新聞のコメントを見ますね。そこで負けた時の言い訳を先に考えてるというか、「だからこう言ってたでしょ」みたいなことが言えるようにコメントをしてたら、その選手は買いませんね。

「騎手は言い訳がうまいよね」

伊集院　そうなんだ。私はコメントは一切読まない。だって、競輪選手は自分のことを説明できる能力はないと最初から思ってるから。

西原　先生の場合は文字が書いてあるんじゃなくて、全部絵で描いてある新聞でいいんじゃないですか（笑）。

武　競馬の場合は、大体の調教師は強気なコメントをしますね。これは日本だけじゃなくて世界どこでも同じ。自分の仕事はやったぞ、っていうことでしょうけど。でも実際には馬の調子が悪くても絶好調って言っている調教師さんもいるんですよ。

西原　それじゃ騎手は困りますよね。

武　そうなんです。馬の調子が悪いことはわかっているのに、騎手の立場からそうは言えないですから。

伊集院　そういえば、昔の関東の調教師は怖い人が多かったような気がするけど。

武　はい。僕らは調教師から「先行してくれ」っていう指示をよくされるんですけど、実際にはその馬には先行できるだけのスピードがないってこともあるんです。レースが終わってから「先行しろって言ったじゃないか」って怒られるんですけど、「それならそういう調教をしておいてくれたらいいのに……」って思うこともありましたよ。

「馬券なんて当たるわけないでしょ」

伊集院　みんな勝ちたいから、いいポジションを取るのも簡単じゃないだろうしね。

武　そうなんです。誰だってそうしたいんですけど、でも、いいポジションはいっぱいないですから。

伊集院　しかしまあ、テレビで競馬中継観てると、解説者だかなんだかしらないけど、

「今日は体重が四キロ減ってますから」とかなんとか言ってるわな。しかしあんなもん、パドックでボロ（馬糞）をして、ションベンじゃあじゃあ出したら、あっという間に体重なんて変わっちゃうでしょ。

武　そうですね。五、六キロくらいは変わるかもしれませんね。

伊集院　それをいかにも知った顔して言うのは、どんなもんだろうねと思うよ。

武　僕もそう思うことはありますね。

西原　だいたい、馬券なんてすごい何百通りも目があるじゃないですか。当たるわけないと思うんですよ、普通に考えれば。

伊集院　そうなんだよ。あれは主催者がどうかしてるね。配当の大きい馬券とか車券を出せば、売上げが上がると思ってる。でも実際にはそうじゃない。やっぱり一日に「これは絶対に獲《と》れる」っていうレースをひとつかふたつぐらいは作っておかないとダメなんだよ。だから私は以前から、主催者の中にヤクザを入れておけと言ってる。ヤクザはそのあたりのことをよーくわかっているから。

西原　先生、さすがにそれはマズいんじゃないですか（笑）。

お前の学校、今日、訴える

武　でも、確かに〝釣れない釣り〟はおもしろくないですからね。ところで、ずっと前から聞きたかったんですが、伊集院さんは一日のギャンブルの払い戻しの最高額ってどれくらいなんですか。

伊集院　三千万円くらいだったかな。

武　競輪ですか。

伊集院　もちろん。いつだったか、競輪場の金が足らんということがあったね。あれは九州のどこかの競輪場かな。一時間半待たされて、やっと飛行機の最終便に乗れたの。それで羽田に着いて、ホテルに入って、なんとなくその金をベッドの上にばらまいてみたんだよ。「こんなもんのために俺はジタバタしとんのか」って眺めてたんだけど、ルームサービスは目が金に釘付《くぎづ》けになってたな（笑）。

西原　それって絶対、銀行強盗か何かだと思われてますって（笑）。でっ、そのお金はどうしたんですか？

伊集院　そのまま翌日から函館競輪に行って、まあ最後は全部なくなったけどね。

西原　何やってんだか（笑）。

伊集院　でもね、私のいいところはそこでガックリしないんだな。トホホとか、そんなのないから。西原さんだって同じだよね。

二人の名（迷？）コンビの掛け合いは絶妙

武　そういうのって本心なんですか。悔しくなりませんか。

西原　いや〜、すでに負けちゃったとかね、悪い男と一緒になっちゃったなあとか、もうそうなっちゃったもんは、仕方がないかと思ってしまうんです。

伊集院　この人は昔から肚《はら》が据わってたんだろうね。何といっても、高校で退学処分くらった時、校長に向かって「お前の学校、今日、訴える！」って言った人ですから。

武　本当ですか。

西原　はい。明らかに向こうが悪かったですからね。すぐ、弁護士のところに行きました。

武　何をやったんですか。

西原　酒飲んだだけなんです。それで退学というのは、量刑として明らかに重いだろうと。

伊集院　昔から西原さんみたいな人はいるんだよ。中世のヨーロッパでの話なんだけど、ベネディクトゥス13世というローマ法王が諸王の支持を失い、退位を迫られるの。すると、この法王は、スペインの城に籠《こ》もって、鍵《かぎ》をかけて入口に「今日から、自分以外の全てのキリスト教徒を破門する」って書くんだよ。西原さんは、その法王と一緒（笑）。

西原　いいですね。お見事ですね。

「あなたなら大丈夫ですよ」

伊集院　西原さんはどこへ行っても怖がらないのもスゴィよね。とにかくビビらない。麻雀《マージャン》で百万、二百万負けても、それがどうした、だから（笑）。

西原　いや、大きい数字がわからないだけ。一、二、三の次は「大きい」、ですから

（笑）。

伊集院　それで私も何回かこの人に金を借りようと思ったことがあったんだよね。「いいですよ」って言うから。でもいざとなると、ちょっと待てよ、西原さんに借りるとこれは漫画のネタにされるぞ、と。しかも一回二回じゃなくて、もう何百回も、死ぬまで描かれるなって。死んでも、あの頭の白い三角のところに何か描かれるんじゃないかと思ってやめることにしたんだよ。

西原　それはそうですよ。

伊集院　やっぱりそうですか（笑）。

西原　実は最近、ギャンブルではないですが、FXというものをやってまして。

伊集院　為替《かわせ》のやつね。先物みたいに元金の何倍かまでは買えるってやつだね。

西原　今は二百倍まで買えます。仕事で、あるFXの会社の宣伝で、実際に私がFXをやって漫画にするというのを去年始めまして、とりあえず一千万円入れてみたんですよ。ところが、その数日後にサブプライム問題というのがありまして、あっという間にズブズブですよ。それからも買うたびにそれがことごとく裏目に出ちゃって。もう、広告なのにこれでいいのかっていう状態なんですよ（笑）。

伊集院　まあ、あなたなら大丈夫ですよ。

西原　そろそろこういうキャラクターはやめたいんですけどねえ……。しかし、あれですね、武さんって本当に爽《さわ》やかで、この先生と友達っていうのが、やっぱり納得いかない。

伊集院　まあ、私の知り合いでマトモなのは、ほとんどいないから。

武　でも伊集院さんはときどき、すごいプレゼントしてくれるんですよ。昔、偶然パりのカジノで会ったことがあったんですけど、その翌日、いっぱい洋服を買ってもらったこともありましたね。
西原　お金持ってる時期もあったんですねえ。
伊集院　そういうこともあったか。しかしねえ、西原さんに紹介された人もみんなどんどん死んじゃったなあ。（藤原）伊織も死んじゃったし、ダンナ（鴨志田穣氏）も。生きてるのは西原さんだけだよ。
西原　先生が死ぬと、阿佐田哲也さんの「阿佐田杯」みたいに年末の競輪に「伊集院杯」ってのができるんですかね（笑）。
伊集院　まあ、人はどうせいつか死ぬんだから、生きてるうちに好き勝手やった方がいいんじゃないか。
武　そうですね。

「お金は貸さない方がいいですよ」

西原　そうそう、死んじゃったら借金も返さなくていいし（笑）。うちのダンナもね、死ぬ半年前だけ正気になってね、最後はいいやつになっちゃって、結局、全部帳消しってことにして死んじゃいましたよ。
伊集院　うん。帳消しといえばこの前、久しぶりに借金の取立てができたよ。
西原　はいはい、人間そういう黒いところもないと、きれいなお話なんて書けませんよねえ。で、借金は返すんですか。
伊集院　いや。
西原　「いや」って（笑）。たしかに、借金って五年催促してこなきゃ、返さなくていいっていいますけどね……。
伊集院　まあ、金のことなんてどうでもいいじゃないか。さあて、そろそろ次、行こ

これにて座談会は終了。三人は笑顔で再会を誓ったのであった

うか。ユタカ君、今日は大丈夫なんだろ。

武　はい、大丈夫です。

西原　ああ〜、武さんも、こんな悪い人と付き合っちゃって。本当に心配ですよ。お金は貸さない方がいいですよ。絶対に返ってきませんから。

武　大丈夫です、わかってますから（笑）。

＊　　＊

こうして神楽坂での座談会は大盛り上がりのまま終了。伊集院さんと武さんは、夜の闇に吸い込まれて行ったのである。

２００８年一月三十一日

於・神楽坂「志満金」

なんでもありか③

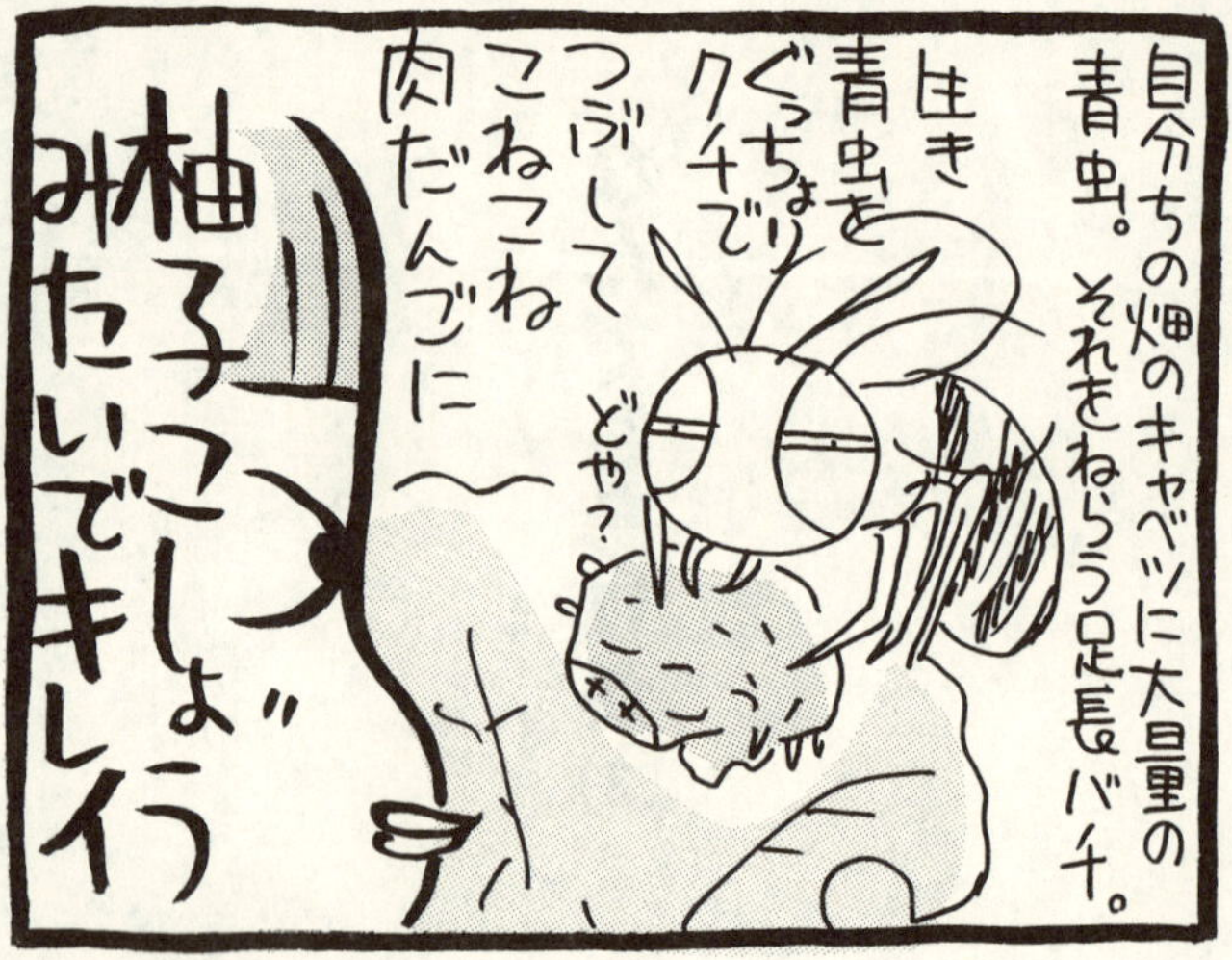

自分ちの畑のキャベツに大量の
青虫。それをねらう足長バチ。
生き
青虫を
ぐっちょり
クチで
つぶして
こねこね
肉だんごに
どや？
柚子こしょう
みたいでキレイ

男と女は妙なもの

ひさしぶりに大阪に出かけた。

某酒造メーカーの偉いさんと会食があっての大阪行きだが、二日前に入ってゴルフをすることになった。

――まさかこの連中はゴルフなどはしないだろう。

と思っていた男と女が揃ってゴルフをしているとわかったからだ。

その男と女は夫婦なのだが、先に女の方と私は知り合った。

女は大阪のミナミでぼったくりバーをやっていた。

女三人で営業（営業と呼んでいいのかどうかわからないが）してるような、してないような店だった。

すでにこの店のことはいろんな処で書き、小説にもしたので詳しくは紹介しないが、私が最初に訪ねた時は或《あ》る種異常だった。

ドアを開けて店に入った途端、

「おう、チンボよう来たな。炬燵《こたつ》買うてくれや」

初対面の客に対して、こう言ったのである。

この言葉を、店特有のジョークと考えるか、それともどこか私が知らないアフリカ大陸や南アメリカ大陸の奥地に住む少数民族が使う言語と考えるか、たまたまその夜、覚醒剤《かくせいざい》の量を間違えておかしくなったからだと考えるか、ともかく異様な空間に入ったことはたしかだった。

客を見回すと、やはりまともなのは一人もいなかった。

瓶物以外は危なくて飲まなかった。

他に行く店もなかったから、以来ずっと通った。

十数年前にこの店のことをミナミの高級クラブと紹介したら、本当に訪ねて行った読者がいた。

関西弁しか喋《しゃべ》ることができない黒人の女とか、セックスを極端に嫌悪している女とか、正常な女は働いていなかった。

ほとんどが社会の落伍者《らくご》である客にむかって店の経営者だったU子が口癖のように文句をつけていた。

「ちょっと、あんたさっきから何をじろじろ私の顔を見てんの？」

「見てへんて」

「見てたやないの。なんぼうちが美人やからて、アパートに帰ってからうちの顔を想像してオナニーしたら許さへんからね」

「そ、そ、そんなしいへんて」

「しいへんて？　それどういう意味？　うちの顔じゃオナニーできへんっていうの？　あんた黙って飲ましといたら図に乗って……」

「ち、ち、違うて、誤解や」

「何が誤解なん。ここは三階やで。わけのわからんこと言わんといて。まあええわ。ボトル一本でかんべんしといたるわ」

「さっき入れたばっかりやないか」

「二本入れたらあかん法律でもあんの？」

「………」

「はい、ニューボトル。おおきに」

だいたいこういう感じの店だった。

これを読んで読者の方は、この店が警察から取締りを受けたり、客から暴行を受けて営業ができなくなったのではと考えられるかもしれないが、こういう異様な店は世の中の景気とか、社会体制の変化とはほとんど無縁なのである。
十七、八年近く、他の女たちは入れ替わったが、U子はしぶとく生き残った。
写真で見る十九世紀とか、二十世紀と題した本の中で、戦争で爆撃を受けた都市の写真を目にし、そこに一軒だけどうしてだか残った家屋とか、一本の木を見ると、私はよくU子を思い出した。

そのU子が結婚したいと言いだした。

聞いた途端、相手の男が哀れに思えた。

「なあ、チンボ。その相手一度見てくれへん？」

「なんでや」

「相手がもしかしてうちの財産とか、この美貌《びぼう》と肉体だけが目的かもしれへんから……」

「……そうか。じゃ一度見てみるか」

そこで相手の男が一人でやっているというショットバーに行った。

男を見て驚いた。

——あれまあまともな奴やないか。

「初めましてメイです。U子がお世話になっています」

ちゃんと会話もできる。
※ここまで書いて、詳しくは書かないがと最初に断わったのを忘れていた。
どうしようか、このまま続けようか。新幹線が東京駅についたのでいったん筆を置こう。

東京駅の構内の宣伝看板に、若い女が新聞をひろげている広告があった。そこに宣伝文句がこうあった。

「受験に出るから読んでおこう」

日本で一、二位の発行部数の新聞の広告である。

——これって何の広告だ？

しばらくして、大学だか高校の入試で一文が問題として出ることを言っているとわかった。

——今時、まだ大新聞の文章を試験問題に出す、いい加減な大学なり高校、中学があるのか？

もう何年も、いや何十年も前から新聞の文章ほどひどい日本語はないのは皆知っていると思った。

——これじゃ若者の日本語がダメになるはずだな。

まあいいか、言語というものはどんどん変容していくものだからナ。

それで男に逢《あ》って（前の続き）、私は驚き、彼の勇気が気に入り、男の店にも通い出した。律儀な男で、私が本を出す度に誉めてくれるし、それでいて女とは正反対の寡黙な所が楽だった。

それで時々、この夫婦と酒を飲んだりもした。男と女は妙なものだと思った。

——この二人どういう休日を過ごしとるのかな？

と考えたことがあった。

そうしたら、今頃になってゴルフという言葉がU子から飛び出した。

——嘘だろう？

それで出かけてみることにした。

私と夫婦、それにもう一人、中学生の時から私の文章を読み続けて、それでまっとうに生きているという若社長が同行した。

「今日はゴルフを教えましょう」

私は軽口叩《たた》いて、コースに出た。

ところがこれが大変だった（来週に続く）。

辛いカレーをうすめるのに
たっぷりの牛乳と生卵で
オロナミンセーキみたい
うっとりするよなまずさだった。

晩秋の雨

何がどう忙しいのかまったくわからないのに、机についていて一日がスルリと過ぎてしまう。

四捨五入をすれば六十歳の方が近い年齢になったのだから、一日をどう使うかに関しては脇を固めているつもりなんだが、脇というか、股間《こかん》なのか、それとも顔の側あたりを一日がスルリと通り過ぎて行く。

——あれ、もう十二時（夜）を過ぎたのか……。

そんな感じである。

別に何をしているわけではない。

ややこしい小説とか、ややこしいネエちゃんが居るわけでもないのに、ぼんやりしていると秋も終わるんじゃないか、という感じだ。

それとも自分でも気付かないうちにどこかで何かをしでかしているのだろうか。

たとえば家庭がもうひとつふたつあって、そこで豆腐屋をやっていたり、名刺の印刷をしてたりとか。

そうであるなら仕方ないが、無意味に忙しいのが一番身体に悪い。

ここまで書いて、先週号で何か続きを書こうなんてことで筆を止めたのを思い出した。

しかし筆を止めたことだけを覚えていて何の話やらわからない。

やっぱり少しおかしいのだろうか。おかしいっていう話でいえば、私は元々おかしいのだから、この状態がやはり普通なのだろう。

で突然、思い出して……。

ともかく大阪・ミナミの『チルドレン』なる店のU子と彼女の主人、それに友人のカンチャン（これって[三萬]と[伍萬]の間とは違いますから）と連れ立ってゴルフコースに出かけたわけです。

U子も、ご主人も、そのカンチャンも全員、夜の遊びの時しか知らないので、ゴルフをするといっても、そんなに真剣にプレーするなんて思っていなかったし、少し教えてあげましょう、って気分で出かけたわけです。

だから1番のティーグラウンドに立った時も、こっちは気楽に構えていたら、男二人がいきなりナイスショットし、その上、腕力が予想外にあって飛距離もそこそこ出たのだ。

――おっ思ったよりやるな……。

とプレーしているうちに、こちらのゴルフがおかしくなり、気付いた時はOBを連発する私を三人が白い目で見ていた。

――こりゃまずいナ……。

と力めば力むほどおかしくなって、とうとう最後は、

「いや皆さん、失礼しました。今日は教えて頂いて有難うございます」

なんて頭を下げて帰る羽目になってしまった。

恥をかくのは別にいいのだが、私も少しばかり運動神経には自信があったから、ホテルに戻って、もう嫌になってしまって……。クラブを放り投げてしまいたくなった。

それだけの話か……。この話、もう少し面白かったのだけど、一週間が過ぎると、こんなふうになってしまうのか。

やはり週刊誌は生きものなのだ。

その大阪の行き帰り、電車の中で一冊の本をずっと読んでいた。

美術に関する本なのだが、これが大変面白かった。

『スクラップ・ギャラリー《切りぬき美術館》』（金井美恵子著／平凡社刊）。

ルノワールの犬から李朝《りちょう》民画の虎まで古今東西、大好きな絵のスクラップ・コレクション。と帯に謳《うた》ってあるのだが、内容はそれ以上に濃密だった。

モリス・ハーシュフィールドというポーランド人の作品の手足とか、ルノワールと彼の息子のジャンが製作した映画のこととか、フラ・アンジェリコの天使の話などどれも興味深く読んだ。この書のあとがきに、かくあった。

〈美術館というものは、確かに隔離＝研究・解説のおこなわれる精神病院＝強制収容所に似ていなくもない〉

――なるほど……。

フランシス・ベーコンの絵を著者がまったく好きでない、というのもおかしかった。

ぽつぽつ読むにはいい。独特の見解に妙に説得されたりするから。

久留米《くるめ》競輪の記念二日目で伏見俊昭にラインができず、単騎の競走になっていた。

久留米の前、松阪記念の決勝戦でもほぼ単騎だった。先行しないんだから選手が彼を頼るはずはない。しかしこれほどの自力型の選手にラインができないとは。

面白いもので、それを見て、私はずっと買うことのなかった伏見の車券を買ってみた。これが的中し、同様に久留米の二日目も買った。松阪は小嶋敬二の二着で、久留米は一着だった。3連単はどちらも万車券で妙な気分になった。

先週、パリの知人のKさんが亡くなった。今夏も二人でゴルフをした友である。元気だったのにどうしたのだろうか。病気なのか、それとも事故にでも巻き込まれたのか、わからない。

島根か鳥取だったか、中国地方の出身で、京都の〝たん熊〟で修業し、単身パリに渡り、一からはじめて二軒の日本料理店を出すまでになった。パリに行く度、世話になっていたし、ここ数年はいつもゴルフにつき合って貰《もら》っていた。

十数年前、Kさんが深夜一人で居酒屋のカウンターに座って黙って食事をしている姿を見たことがあった。

——見知らぬ土地での商いは大変なのだろう。

と思った。Kさんは踏ん張り、自分の店をパリの日本レストランでは一番の店にまで育て上げた。

客は日本人よりパリっ子の方が多くなり、友人のフランス人を連れて行くと喜ばれた。

人はいずれ別離をしなくてはならない。出逢《であ》いで決まっているものはそれだけである。葬儀に出たいが叶《かな》わない。息子さんがいたが、彼が跡を継ぐのか。こちらができることは息子を応援することしかない。

今また知り合いの編集者の訃報《ふほう》が届いた。

外は雨が降りだした。庭の木々が寒々と揺れている。

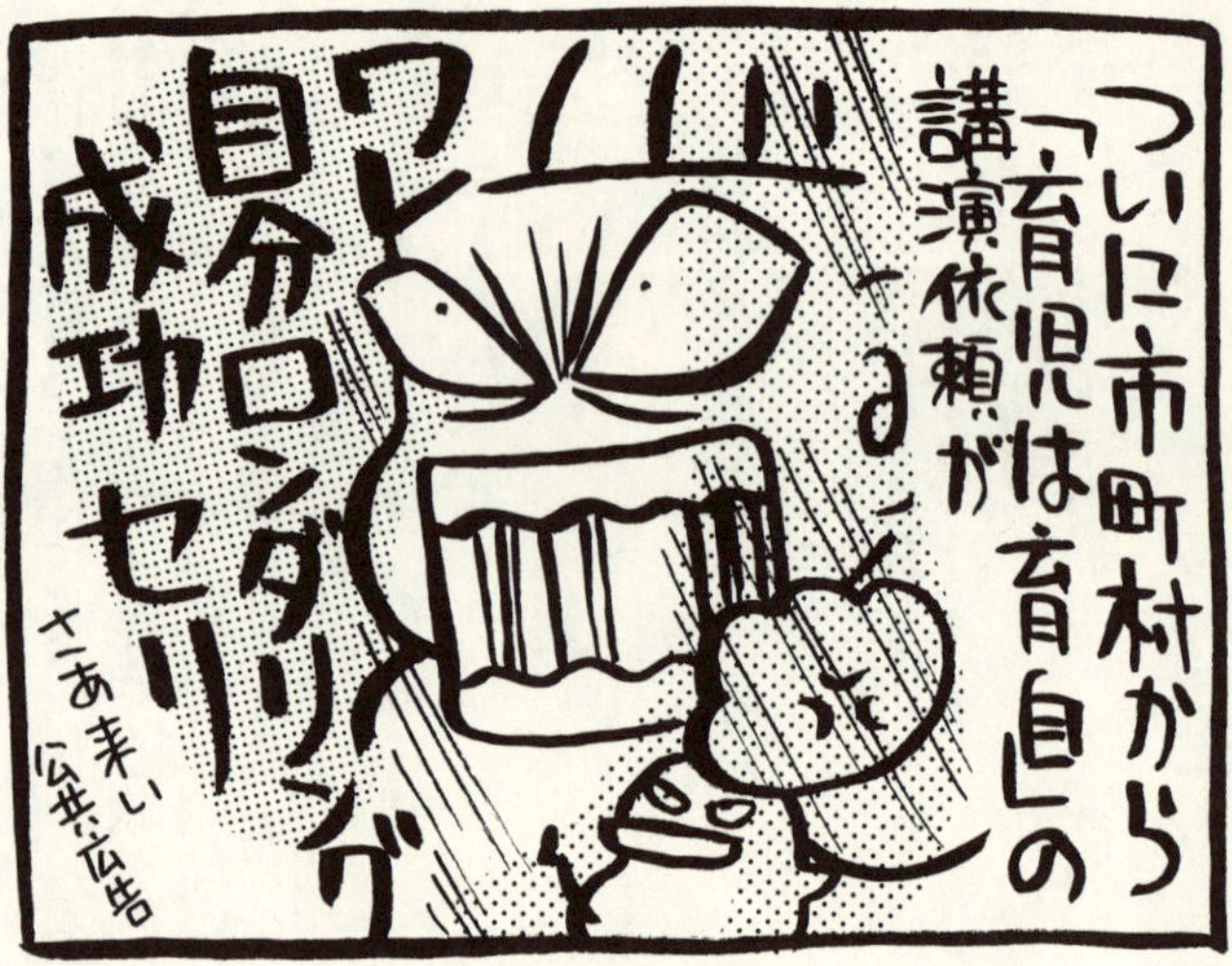
ついに市町村から
「育児は育自」の
講演依頼が
ワハハ
自分ロンダリング
成功セリ
さあ来い
公共広告

10の24乗？

土曜の午後からテレビで競輪を観ていたら、宇都宮競輪のS級戦二日目で大本命の神山雄一郎が平原康多（埼玉）の番手について、4コーナーを楽に回ってきたのだが、平原をかばうかたちで直線での踏み出しを遅らせた。

ゴールした瞬間、

——あれ差してるのか？

と首をかしげた。

リプレーを見たが、どうも差していない。

神山から平原への①—⑤は断トツの1番人気で1・5倍くらいだった。どう推理してみてもこの車券の他はない感じだったから、私も買わなかった。

配当が出ると平原の押し切りの⑤—①は1570円だった。裏目千両というが、こういう場合は使わないだろう。さぞ①—⑤を持っていたファンは怒っただろう。

——神山君、しっかりしろよ。君がこんなんじゃイカンだろう。

この日、青森のS級戦初日の第1レースで3連単の車券が〝特払い〟だった。

——〝特払い〟って何ですか？

誰一人、その当たり車券を買っていないから、その賭《か》け式の車券はすべて払い戻しになることを言う。

但し、百円に対して七十五円の払い戻しが端の五円を切り捨てて七十円の払い戻しになる。

――オイオイ、さっきの神山のレースじゃないが①―⑤を百万円もっていた人が〃特払い〃になると七十万円しか返ってこないのか。五万円は端金《はしたがね》で切り捨てられるってか？

そりゃ、おかしいだろう。

中央、公営の賭け事《ごと》はすべて胴元が勝つようになっているわけです。

それにしても青森の第1レースの3連単がいくら売上げていたのかは知らないが、胴元も大損である。その防止策として、普通は施行者が締切り寸前で無投票の車券をすべて一票ずつ打ってたりするものだが、それもこの頃はしていないのか。

――ちょっと待って。その金ってどこに行くのかって？

宴会費用だろう。

――誰の？

施行者に決まってるだろう。

夕刻になって、小倉のナイター競輪がはじまった。

スタンドに客はほとんどいない。

これなら小倉でやらなくともどこかナイター専用の競輪場をこしらえて観客なしでやった方が経費もかからなくて済むんじゃないか。

先週の久留米記念同様、解説者がボードを使ってレース展開を説明している。

準決勝戦の9レースで石丸寛之が出走しているレース。解説者が彼を本命にして〃勝負レース〃と言った。

――ほう、こんなこと口にしていいのかよ。

そこに地元記者が電話に出て、これも石丸は外せないと言う。

――オイオイ、電話投票でいくら金が入ってるのかわかっとるのか。仮にも真剣な勝負ですぞ。

競輪に絶対無しは予想の鉄則だろう。

案の定、石丸は飛んだ。

これは土下座でしょう。

久留米記念の時も感心するほど解説者の予想が外れていた。

普通の人間なら、これだけ外れたらもう私は予想する資格はありませんと言うものだが、平気でテレビで喋《しゃべ》り続けていた。

天下の中野浩一も彼の名前の冠がついたレースだから丁寧にレース展開を話してくれているのだが、競輪は生きものだからどんどん変容しているのについていけてない。

それともうひとつ中野は天才だったから彼のレース時の発想は他の選手にはやろうにもやれない。そこが中野の読みを狂わせているのだろう。

それにしても久留米記念の決勝戦の荒井崇博の出しぶりはいかんともしがたかった。

先週、ゴルフのコンペで棋聖の佐藤康光さんと七年振りに逢った。

帰りの車の中で少し話を聞いた。

七年前より、一段と風格のようなものが出ていた。

偉そうに見えたのとは違う。

聞けば三十六歳になられたそうだが、仕事が人の人格を作るというのは本当だと思った。話しながらウィットがある人だと感じた。こういうタイプは女性が放っておかないナ、と思ったら、去年、結婚もされていた。


その車中の話の中で佐藤さん、いや佐藤棋聖から聞いたのだが、例のアマチュアの瀬川君が将棋連盟に嘆願書を出してプロと戦って勝ち越しプロの資格を得た件だが、あれはどのくらいの資格を得たのかということがわかった。

瀬川君が得たのは、メジャーの野球でいうと、メジャー（一軍）があって、3A（二軍）、2A、1Aの下くらいのレベルのプロの資格を得ただけなんだと。

「これから十年のうちにCリーグに上がらないといけないんです。大変だと思います」

――なんだ、そうなのか。

私はすぐに一線級で戦えるのかと思っていた。

「あなたで週にどのくらい将棋を指すのですか」

「忙しい年は週に二回ですかね」

――ほう、それじゃジダンなんかと一緒だ。

「今月は週に一回平均で年に五十局くらいですかね。少し前まではいろんな挑戦者になって、週二でした」

「オフってないんですか」

「ありませんね」

「コンピューターとの勝負はどうなんですか」

「チェスは敗れましたが、将棋はまだ勝ってますね。コンピューターが今、先を読むのが10の10乗くらいで私たちが普段やっているのが10の24乗くらいって言われてます」

――10の24乗？

「コンピューターはまだ序盤、中盤がこなせていないんです」

「はあ……」

佐藤棋聖の話は冗談みたいで面白かった。

今度、機会があったらお手合わせして貰《もら》おうかな。棋聖が王将だけなら勝つ自信があるんだが……。

今日インタビューとサツエイの取材が
きてた。忘れてた。
朝から顔洗ってないうえに
パジャマだ。
いいですねアンニュイで
そう。カベにもたれかかって。
ヤケになって
えぐたにかおり風サツエイをした。

よくわからない

ひどい二日酔いで東北新幹線に乗っている。

仙台にある自宅にむかっているのだが、どうして人は自宅に帰らなくてはならないのか、それがよくわからない。

それでも吐きそうになりながら、車中でこの原稿を書いている自分がいる。

どうしてそんな思いまでして原稿を書いているのかも、よくわからない。

もうすぐ冬が来るらしいのだけど、雪が降って我家の犬が散歩ができなくなるのだが(小型犬なので歩いていて雪の中に埋まってしまうらしい)、そのために家の前の土地を買ってくれと言われた。

犬の散歩のために土地を買うというのが、どうもよくわからない。

――私は将軍、綱吉なのか。

日曜日にゴルフに出かけて、漫画家の井上雄彦さんとラウンドしたのだけど、彼が描いた漫画が一億冊売れたと聞いた。

――一億冊?　それ何ですか。

よくわからなかった。

書くのが面倒臭くて、行間を開けて書いているのだが、こういう書き方のほうが時間がかかる。いっそ一行を開けるのではなく、五十行、百行開けた方がいいように思うが、そうすると読むものがなくなる。じゃ読まなきゃいいじゃないか、と思うのだが、そうもいかない理由がよくわからない。

酒を飲み過ぎるとどうして翌日、気持ちが悪くなるのか、よくわからない。飲んでいる時はあんなに快調なのに、一晩寝るとこうも不調になるのがおかしい。

ともかく気持ちが悪かったので、何か腹に入れて一度吐くのがいいから上野駅で〝幸福べんとう〟という名前の弁当を買って車中で食べた。

フタを開けて中身を見たが、

――これがどうして〝幸福べんとう〟なんだよ？

ぜんぜんわからなかった。

今、防府競輪で記念をやっているのだが、電話投票に残っている私の金を、どうして大阪の雷蔵が平気で×十万円も車券を買いまくるのか、よくわからない。しかも外れ車券ばかりを狙って買っている。これもよくわからない。

「伊集院さん、この電話投票の口座はわての口座でっせ。自分の口座の金を自分が使ってどこがいけないんですか」

たしかにそりゃそうだ。

けどその金は私が観音寺《かんおんじ》記念でまとめ上げた金だぜ。

「そんなの知りませんがな。わてはわての口座にあったもんを使《つこ》うてるだけでんがな」

「………」

どうして反論できないのか、それもよくわからない。

マリナーズのイチローがテレビドラマに出演し、せりふを完全にマスターしてきたのを、役者の田村正和が、

「イチロー君は役者のかがみ」

と言ったそうである。

——イチローは役者だったのか。

そういえば、彼がいろいろ口にするコメントにはわけがわからないのが多いのは、あれはせりふを口にしていたのか。

「役者のかがみ」と言った田村正和は役者だから、日本語がよくわからないのは仕方ないが、それでも、そんな言葉を口にできるところがスゴいというか、ワイキキ海岸でマフラーして髪の毛を指でかき分けている感じで怖い気もする。

この連載がまた本になって来月、出版される。

タイトルは『たまりませんな』とつけたのだが、刷り見本でそのタイトルを『たまらんですな』と刷ってよこしてきた。

「あれっ、こんなタイトルだったっけや」

しばらく考えてからタイトルが違うことに気付いた。

——どうしてこうなったのか、よくわからない。

「どっちのタイトルだってたいしてかわりないじゃねぇかよ」

そう言われたら、たしかにそういう気もする。ひょっとしたらそっちのタイトルの方が売れるかもしれないと思った。

しかしこのコラムを読んでる読者がいるのだろうか。


松井秀喜選手がヤンキースと再契約をして、四年の年俸が六十二億円だという。

——六十二億円って、松井君、そんな金どうするの？ 使い道に困るようなことがあったら私に相談しなさい。悪いようにはしないから……。

そういえば今年は武豊騎手も大変なペースで勝っている。そろそろ年の瀬だし、連絡してヨイショしておこうかな。でもこれまで武君は一度も金を貸してくれなかったからな。

井上君、武君、松井君の三人と私の違いはいったい何なのだろうか。

——じっくり考えたが、よくわからない。


某小説誌の新年号で立川談志師匠と対談した。

「仕事ってのはツルハシを大地に打ち込んだり、荒れ狂う海に出て板子一枚下は地獄の船から網を投げたりするのをいうんじゃないのかね。ファンドかなんだか知らないが、あの連中が何か仕事をしたのかね」

——まったく同感である。

「イジュ公さんよ（私の事です）、あいつらはこのままでいいのか？」

「そのうちあとかたもなく消えてしまいますよ」

「本当かい？」

「本当です」

「ならいいや」


そうこうしているうちに列車は仙台に着き、自宅に戻ると、二匹の犬が尾を振って迎えてくれた。

私の顔を見ただけで嬉《うれ》しがり何でもしてくれそうな犬たちである。

あの三人をこんなふうに飼いならせないものかしら……。

「豊君、お手。秀喜君、お金」

なわけないか……。

さくやはシマコちゃんのおたんじょう会でした。
シマコちゃんになれてる人々があつまり
フツーになごやかにすごしました。
目があうと、怒ってこっちに走ってくるってのがわかりました。

悪い奴ほど生きのびる

サッカーのトトカルチョ、と言っていいのか、サッカーくじの配当を先週新聞で見た。3000万円くらいの配当が四本くらい出ていた。次に250万円くらいのが二十四本くらい出ていた。

これじゃ、サッカーのくじを買う者はいなくなるわナ、と思った。

これは最初にルールを考えた人間がギャンブルをよくわかっていなかったということだろう。

ギャンブルのルールをこしらえる時は、どうやって客を集めるかが重要で、サッカーはいっときあれだけ人気が盛り上がったのだから、サッカーくじで一気に金を集中できたのに、まったく下手をしてしまった典型だろう。

日本は平安期くらい、いやそれ以前から、ギャンブルが好きな国民性を持っていて、賭《と》博《ばく》の遊びに対して寛容な気質があった。

これはアジア諸国に共通した傾向で、今や海外のカジノに出かけてもアジア人は最大の得意客である。

サッカーくじがどうして今ひとつ盛り上がらないかというと、配当の少なさがある。

——いつも誰かが的中する方がいいんじゃないですか？

たしかにそういう発想もあるが、実はサッカーくじは的中することも客たちの目的だが、夢を買うことの方が大切なのである。

大衆のギャンブルは、素人を対象にして高配当を与えるか、確実に当てさせて毎回の的中の楽しみを与えるか、の二種類しかない。

前者の典型が宝クジである。後者の例が手本引きの流れをくむものだ。例えば競輪なんかにはそれがある。

戦後、国の税収を得るために競輪、競艇、オートが許可されたのだが、競輪に関して言えば、この競輪のレースを最初に考えた男たちはたいしたものである。特に競輪をギャンブルにした男たちは天才に近い。草創期、バンクが平らだったりして、自転車の事故は多発しただろうが、それを改良し、少しずつ競技の平等性を持たせ、なおかつ格闘技の要素をこしらえたセンスにはおそれいる。

そのせっかくこしらえたルールをこの二十年近くでメチャメチャにした関係者も、それはそれでたいしたものである。

――どうしてこわしたか？

それは、ひとつはレース中、練習時を含めて死亡事故があり、選手会が訴訟されたこともあるが、それ以上に、世の中が平和になり、格闘を好まないと、錯覚したことにある。では皆が皆、激しい戦いを好まなくなったかというと、実はその逆で、大衆は常に誰かが命を賭《か》けて戦うのを見物するのを無上の悦《よろこ》びとする。その上、どちらが勝つか負けるかを賭《と》して、金銭を得られるとしたら、こんなにワクワクするギャンブルはない。今、K―1、プライドといった格闘技に若者が集まるのは、その大衆心理のあらわれなのである。

かつて競輪は選手が命を賭けてレースに挑んでいた時代があった。だから客は金を賭することを惜しまなかったのである。

命を賭けて走り、限界を感じた選手は黙ってバンクを去った。

関係の団体に命を賭した選手が残っていれば、競輪レースから牙《きば》を抜くようなことはなかったはずだ。

関係者は、若いファンを広げるとか競輪の若返りを口にするが、そうではない。競輪レースの魅力が何かを考えることができないだけだ。

――まあどんな組織も長く同じ体制でいるとウミが溜《た》まるものだ。

二日酔いでテレビを点《つ》けると、マンションの耐震偽装問題で、国会での参考人喚問が行なわれていた。

建設会社の経営者も不動産販売会社の社長も、監査機関の若社長も、皆、五十歩、百歩で、話を聞いていて、どうしようもない。

――今の日本人の大人の男はこの程度なのか。

と呆《あき》れてしまった。

質問している国会議員もびっくりするほど頭が悪い。

――この連中まともな日本語が喋《しゃべ》れないのか。

それにしても国会議員がこんな聴聞をしていいのか。警察がやることじゃないのか。

何やらわけがわからないことをテレビで喋っていた販売会社の社長の落着きのなさは何なのだろうか。

「伊集院さん、これってこの連中だけがやったことなんですかね？」

酒場で後輩に訊《き》かれた。

「そんなわけないだろう。この連中は他の奴等が同じようなことをやってるのを知ってるから実行しただけに決まってるじゃないか」

「えっ、じゃ私のマンションも」

「大なり小なり手抜きはあるさ」

「でも大手の建設会社が建てたものですよ」

「だから大なり小なりと言ったろう。あの業界の連中はわかっているのさ」

「本当ですか？」

「調べりゃ、ごろごろ同じような建物が出てくるさ」

「………」

それにしても日本人は大きな地震がきたら、半数の人が、助からないかもしれない、と内心思っているんじゃないかという気がする。この諦観《ていかん》が、私から見ると〝スゴい〟の一言である。

私の常宿にしているホテルも大地震にはほとんどもつまい。

「あなた携帯電話を持って下さいな」

「どうして?」

「地震が起きた時、あなたが生きてるか死んでるかがわかるじゃありませんか」

「それって生きてるか死んでるかじゃなくて、生きてるかどうかだろう。死んでりゃ、連絡のしようがないんだから」

「あっ、そうか」

天災、人災、災いによる人の生と死の分れ道はまったく運しかないようだ。

悪い奴と善人では、これは圧倒的に悪い奴が生き残る。妙なものである。だから私は神や仏というものを相手にしない。

アニメ「うえきの法則」をながい事
植木職人アニメだと思い込んでいた。
いつまで
魔法つかってんの
庭は?木は?
すぐ出てくるよ
なぜ息子とゆうのは前後を考えない
返事をするのか。
難ギモン。
きのつらゆきは
土佐日記を高知県で
かいたのか?

所詮は小博奕だろう

先週、突然、ずっとくすぶっていた不動産屋の社長のSからFAXが入った。

『毎日、飛行機で日本中を駆け巡っている』という内容だった。

Sのことは麻雀《マージャン》を一緒に打たなくなってからも、ずっと気になっていた。

元々、仕事はできる人間だから、この不動産のミニバブルに、あのSが乗っていないことはあり得ないと思っていた。

案の定、Sは少し景気が戻ったらしい。

——良かった、良かった……。

と思っている矢先にホテルにSから電話が入った。

「元気ですか。どこかに飲みに行きませんか」

くすぶっていた十年、彼の口から出たことがない言葉である。

すぐに返答はできなかった。こちらはバブルではないが、仕事は何だか忙しい。

それでも昔、ギャンブルと酒場でブンブンいわせていたSが元気になったのは嬉《うれ》しいことだ。

Sとは雀荘で知り合い、十年近く麻雀を打った。強気の麻雀で、いい打ち手である。

ただSは人柄が良過ぎるところがあって、貸し付けた金をすぐに回収しようとしない。

それに乗じて埼玉の米屋の倅《せがれ》なんぞにレンガ何本かを借り倒されたりしていた。

「まあ、これが世の中だわな」

そう言ってあきらめる潔さもまたSの魅力だった。

ところが少しずつSの本職の方が怪しくなった。不動産屋（デベロッパーでもいいが）は所詮《しょせん》、生産性など持ち得ない商売である。

今回、耐震偽装の問題で、事件に関係していた一人の不動産屋の社長の態度がおかしいのでは、とマスコミが騒いでいるが、あの職種は端《はな》っから、五の器のものを十の器と謳《うた》って人を誘い、アガリをかすめとる商いである。大手デベロッパーも同じだ。大手だから信頼があるようなことを言うが、商いの本質は同じで、本来世の中に必要のない仕事なのである。

家を建てたい者は、土地を買い、大工のところに行って、家を建ててくれ、と申し込めばそれで済んでいたのだから。

東京でいうなら田舎者が出てきて土地を買う金はないが、マンションなら住めるという輩《やから》にパンフレットを豪華にして売っただけの仕事だ。

週刊誌があの社長に群がる芸能人や女子プロゴルファーのことを書いていた。芸能人など所詮、金がある処にほいほい寄って行く人種だし、女子プロゴルファーとて大半は同じようなものだろう。男子プロも時々、銀座でタニマチと飲んでいる姿を見かけるが、そんなプロがトーナメントに勝てるはずはない。

競馬の騎手も同じである。馬主と酒場に行き、ご祝儀を貰《もら》って悦《よろこ》んでいるうちは二流である。第一、今、日本の馬主でまともな輩がいるのか。これは人物だという馬主の評判を耳にしたことがない。

競輪選手も同じで、タニマチなんかにご馳走《ちそう》になってるようでは、すぐに軟弱になる。ひと握りの一流選手以外が、賞金を貰い過ぎている。

プロスポーツなのだから、実力、能力がおとろえた選手は黙って去るのが、プロの掟《おきて》だと私は思う。

実力がなくなった選手の賞金を安くするかわりに、一流選手の賞金を増やさないと、そのうち競輪選手になろうという若者はいなくなる。

シューマッハ、ベッカムとは言わないが、年末のグランプリなどは五億円を優勝者に渡しても充分に採算は取れるはずだ。ダービーだって、二、三億円出してやらなきゃ、選手だってやり甲斐《がい》がないだろう。

若者は夢とロマンだといっても、やはり金なのだ。若い時は世の中が、人生がどんなものかよくわからないから、判断の基準は金でしかないのだ。ホリエモンとか村上とか、口でいいようなことを喋っていても、所詮連中は金を一番信じているのだ。

それが悪いとは私は言わない。

――そうやって生きていく奴は生きていけばいい。

金がある人間に群がる男も女も、いいのではないか、と思う。IT長者と称する男と一緒になったタレント、女優で、一人でもいい女がいるのか。？がつく女ばかりと違うのか。

宮里藍選手がQスクールの最終予選でえらい活躍である。

新記録の一位で通過した。やはりただものではなかった。

日本の若い女の子はたいしたものである。それに比べて日本の男子プロの若手は何をやっとるんだ？

たしかに日本の若者がゴルファーとして大成しないのは、日本のゴルフコースのレベルの低さや育成環境の拙《つたな》さもあるが、根本は日本の若者の精神が軟弱になっているからである。なぜ軟弱になったのか？

それは親を含めた、教師、彼等を囲んでいる大人たちが軟弱だからだ。こんな島国で大志を抱こうとしたら外に出て行く以外、大志、夢を叶《かな》えられるものはない。ちいさな国で株の取り合いして何が英雄なのか。所詮は小博奕《ばくち》打っていることでしかないだろう。相手にするならアメリカとかロシアとやれよ。それが当たり前の発想と違うのか。

それでいて世界を相手にする企業になりたい、とどの口が言うとるのだ。まともな大人の仕事、話ではないのんと違うか。

井筒和幸監督の『パッチギ！』が日刊スポーツ映画大賞の作品賞を受賞した。

——ほう、ものを見る審査員もこの国にいたのか……。

と少し驚いた。

先日までスカイパーフェクTVの有料放送で『パッチギ！』をやっていたが、何度見てもいい映画だ。

全国の小、中学校、高校の授業で、この映画を見せてやれば百万回、社会、歴史、国語の授業をするより実りはあると思うのだが。

同時に新人賞を貰った女の子、沢尻《さわじり》エリカちゃん、可愛いね。人の言うことききかなさそうでいい。

けどこういう子がこれから伸びていく脚本、映画がないのが日本の現状だ。

大阪のバスに乗ったら運転手さんの
名札の下に
「5人の子供を養うため今日も
しっかり働きます」ってあった。
はいがんばって下さい。
私も働きますです。

「よし、あきらめた」

週末から大阪に出かけた。

雪の積もっている仙台の家を出て仙台空港にむかったのだが、

——明日、ゴルフなんかできるんだろうか。

と妙な気分になった。

北国は雪でも、南下すれば雪がなくなるのが何とも不思議な気がした。

——何を当たり前のことを言ってるんだ。伊集院、老いぼれたか。

そう言われるかもしれないが、実際に雪景色の中を空港にむかい、明日はゴルフかと考えると、妙な気持ちになるものだ。

空港には少し早目に着いた。

いつもはぎりぎりの時間に移動するのだが、早く着いた理由はあった。

どうしてもこの一日、二日で入れなくてはならない原稿があった。小説である。

タイトルも決め、さし絵も前もって画家さんに話し、あとは内容を書くだけだった。そんなに枚数も書かなくて済む（もっとも少し減らして貰ったのだが）。

何とかやり切れるだろう。

そのためにはまずは空港の待合室で書く内容を決めようと思った。

なぜ家の仕事場でしないのか？

それにも理由があった。

仙台に帰っている間に書き上げてしまおうと思っていたのだが、犬がなついてきて、それが結構面白く、犬の行動をじっと眺めていたら、三日が過ぎてしまった。

夜中は犬は寝るものだが、こいつが宵っ張りというか（家人に言わせると、あなたにクリソツとなるのだが）、ともかく遊ぶだけ遊んで、あとは気絶したように寝てしまう。

見ていて、

――たしかに私に似てはいるか。

と思うが、家人と犬の兄が二階で寝静まったあと、私と犬は夜の宴というか、一人と一匹で遊び出す。

時々、深夜にやっているアダルトビデオなんかも一緒に観たりする。

「なあ人妻って大胆だよな」

私が言うと、犬はじっと私の顔を見る。けれど艶《つや》っぽい人妻の声なんかがテレビから流れると、犬はまたビデオに目をむける。

「ほう、こういうかたちで責めるのもありか」

私が言うと、犬はまた私を見る。

そんな時、目の前で格闘している人妻と近所の学生がやっていることを犬を引き寄せて、こうか、それともこうか、と手や足引っ張ってやる。犬はしっ尾《ぽ》を振り、やがて私が手荒なことをすると牙《きば》を剝《む》いて私の手に嚙《か》みつく。

「おっ、私を嚙んだな。まさか飼い犬に手を嚙まれるとは思わなかった。貴様、こうしてくれる」

私が言うと、声の調子で話していることがわかるのか、ポンと飛び跳ね、寝室を飛び出し、リビングからボールを咥《くわ》えて戻ってくる。

「何やってんだ。こんな夜中にボールを投げたりしたら、二階の連中が起きだしてきて叱られるのに決まっているだろう。相手はこの家の主《あるじ》と主の愛犬だぞ。俺たちのような居候の身とは違うんだぞ」

それでも犬はボールを咥えてじっと私を見ている。

そうしてボールを足元に置き、

「ワン」

といきなり大声で鳴く。

「馬鹿、鳴く奴がいるか」

私が犬を捕まえようとすると外に走り出す。

——まあいい、勝手にしろ。

ところが暗いリビングでまた鳴く。仕方なく、誘い込みのドッグフードを手に、こっちに来い、と呼ぶ。

何しろ名前を呼んでもそばに来ない犬だから、近寄った犬を素早く捕まえて蒲団《ふとん》の中に押し込む。

犬は遊んで貰《もら》ってると勘違いして蒲団の中で暴れまわる。

相手にしているうちにこっちも汗を掻《か》き、冷蔵庫から缶ビールを出して飲む。何かツマ

ミは、と冷蔵庫を物色していると、犬が寄ってきて、

「ワン」

と鳴く。

俺にも何か喰《く》わせろ、と吠《ほ》えている。適当に残りものを見つけ、犬と一緒にビデオを観ながら一杯やる。

「ビール飲んでみるか」


そういうくり返しで仕事にならないので空港で考えることにした。

「いや伊集院さんじゃありませんか」

突然声をかけられた。

昔、仕事をした人だ。その人がずっと話しかけてくる。

——早くむこうに行かないかな。小説の締切りがあるんだけどな。

そんな時に限って話好きの人に見つかったりする。

——よし空港はあきらめて、飛行機の中でやろう。

そう決めて飛行機に乗ると、

「どうも伊集院さん、おひさしぶりですね。こんな機内で奇遇ですな」

——奇遇はもういいから。

昔、大阪で世話になった人だった。

「これからどちらへ」

――大阪に決まってるでしょう。

その人がスチュワーデスに席をかわりたいと言いだした。

――席をかわりたいのかね？　じゃ私の席に座ってくれ。私がむこうに行くから。

そうも言えなかった。

――飛行機はあきらめた。ホテルに早目に着いて、そこでやろう。

飛行機を降りてタクシーに乗ると、普段は三〇分で行ける高速道路が事故で大渋滞していた。

「すみませんね。お客さん」

タクシーの運転手がやたらと謝ってくる。

「いいよ、君のせいじゃないから」

ホテルに着くと打ち合わせの連中が待機していた。

大阪の遊び人との食事も断わって急な打ち合わせを入れていた。

ちっとも打ち合わせは進まず、

――よし、あきらめた。今夜は飲みに行こう。

立ち上がって北新地《きたしんち》に出かけた。

夜半にへろへろでホテルに戻った。

締切りもあるし、明日は早くからゴルフもあるし、どうしてこんなに飲んじまったのだろうか。

――よし、あきらめた。

何をあきらめるのかわからないが、そんな週末だった。

そのせいでまだ大阪で原稿を書いている。

おけら先生と新幹線であう。
二言、三言 話してあとが続かん。
えーと仲悪かったっけ。
良かあないけど気のきいた一言が。
ああ、老化だってば。

05グランプリを読む

年の瀬になるといろんなことが起こるようだ。

一番辛《つら》いのが友人が亡くなることだが、これはこちらも歳を取ってきたのだから仕方ない。

毎年、手帳に友人の命日が加わる。書きながら、いつかこっちの命日がくる日もあるのだと考える。

友人が亡くなるのは辛いが、店がなくなるのも年の瀬に多い。

この十二月に長く世話になった雀荘《ジャンそう》が店をたたんだ。

文京区の音羽《おとわ》にあった雀荘で、美人のママが経営していた。

気兼ねしないで済むいい雀荘だった。

ママが身内の世話をしなくてはならなくなり、三十年以上続けた店を仕舞う決心をしたらしい。

すぐそばにいくつか出版社があり、そこのぐうたら社員が大勢遊びにきていた。

ママが雀荘をはじめた時代はまだ麻雀は全盛だった。最初は小店ではじめ、次に大手出版社の目の前のビルの一角に移った。

アルバイトの学生が数人いて、この学生たちがいかにも勉強しそうにない感じで、なかなか良かった。

この連載に度々、登場した退屈男もこの雀荘で一番長く打った。

面白かったのは、雀荘の前の出版社の隣りがO警察署だったことだ。

十二時迄《まで》に麻雀が終わることはまずないから営業時間外まで客は打ち続ける。帰ろうという気が端《はな》っからないのだから、当然、一晩中、表に警察官が立っている。警察は夜中に四人連れで出てくる雀荘に目をつける。

ママは何度も始末書を書かされたらしい。

「つけ届けをしても限度がありますからね……」

とママが吐息混りに言うと、客の方はうそぶく。

「つけ届けの品物をケチったんじゃないのか。相手は警察だよ。現物には目が肥えてるからね」

そんなわけはないが、こちらが夜中、朝方、雀荘から出てきても警官も知らん振りをしてくれていた。

——いい警官じゃないか。

この店が仕舞うとなると、皆どこに打ちに行くのだろうか。

最後に挨拶《あいさつ》に行きたかったが叶《かな》わなかった。

もう店もやらないだろうから書くが、店の名前は『みどり』といった。

客はいい加減なのが多かったが、『みどり』もO警察署も立派だった。

そういえば、時々、ママが彼女の故郷の名産品を送ってくれた。

「このHって女の人は誰なの？」

家人が女性の名前の小包みを見て訊《き》いた。

「昔の女だよ。昔は週末になるとこの女の所に入り浸りだったもんだ」
「……そうなの」

今年の暮れのグランプリは平塚《ひらつか》競輪場で開催される。
九人のメンバーが決まったので少しどんなレースになるか書いてみる。
出走メンバーは以下のとおりだ。
①神山雄一郎（栃木・61期）
②後閑　信一（群馬・65期）
③鈴木　　誠（千葉・55期）
④村本　大輔（静岡・77期）
⑤小嶋　敬二（石川・74期）
⑥加藤　慎平（岐阜・81期）
⑦伏見　俊昭（福島・75期）
⑧佐藤慎太郎（福島・78期）
⑨武田　豊樹（茨城・88期）
常連で名前がないのは山田裕仁、小橋正義、吉岡稔真あたりか。
注目は武田豊樹である。武田が出走するとしないではレースはまるで違ってしまう。
ラインはおそらく武田―神山―後閑、伏見―佐藤にダービーの優勝で伏見に世話になった鈴木がつけるだろう。残る小嶋―加藤に村本が行くかもしれないが、こちらは定かではない。

今年一年の競輪の総決算ではあるが、やはりグランプリはラインの走り方につきる。

神山がこれまで勝てなかったのは彼にきちんとしたラインができなかったからだ。だが今回は違う。武田という先行選手を得た。

一番人気は小嶋―加藤か神山―後閑になるだろう。05年の大半の特別競輪の決勝は小嶋を中心にレースが展開した。小嶋がそれだけ練習した証しでもある。この九人の選手の中で一番能力が上なのも小嶋である。大器と呼ばれた伏見が低迷したのは伏見の競輪の考え方につきる。秋の後半、特別競輪で東北勢が伏見一人の時、彼の後位につける選手がいなくなった。長い間、競輪を見てきたが初めてのことだった。

基本的に伏見は自分のためにしか走らない。それはそれでいいのだと思う。割り切っているのだからいい。

それでは、競輪を自分の仕事として長い間やっても、勝利数以外何も得るものはなかろうに……、そういう考えもあるが、これは他人の考えであり、才能や運に恵まれてきた者に説明してもわかるものではない。

伏見がどんなレースをするか想像がつかない。伏見の車券を買って悦《よろこ》んだファンがいるのかもわからない。私は小嶋を本命と思っていたが、岸和田《きしわだ》の全日本選抜の決勝の走りを見ていて疑問がでた。あきらかに勝ちにいっていない。加藤か金子貴を勝たせてやりたかったのだろう。それは成功したしラインができたのだから彼としては思惑どおりなのである。

小嶋は捲《まく》るだろう。捲らせれば小嶋は日本一だ。だがそれは神山も後閑もわかっている。どうやれば小嶋を飛ばせるか練習もしているはずだ。問題は武田である。

このグランプリ、武田がタイミングよく出れば優勝もあると思っている。しかし初出走で、武田は神経がナイーブだ。これはレースを見ていてわかる。ただ今年一年武田はよく頑張った。体調の悪い時もあったろうが、これほどの新人が登場したのは坂本勉、吉岡稔真以来だろう。

神山が後位についてのラインでの先行も多かったが、武田の一年の踏ん張りを評価したい。

金を取りにいくのなら小嶋だが、小嶋で金を取ってもしようがない。武田に神山と後閑の情愛で買う方が金の投げ方としても潔い。

あとは佐藤慎と村本をからめる。鈴木誠はダービーの勝ち方が今ひとつだったので外す。良い年を。

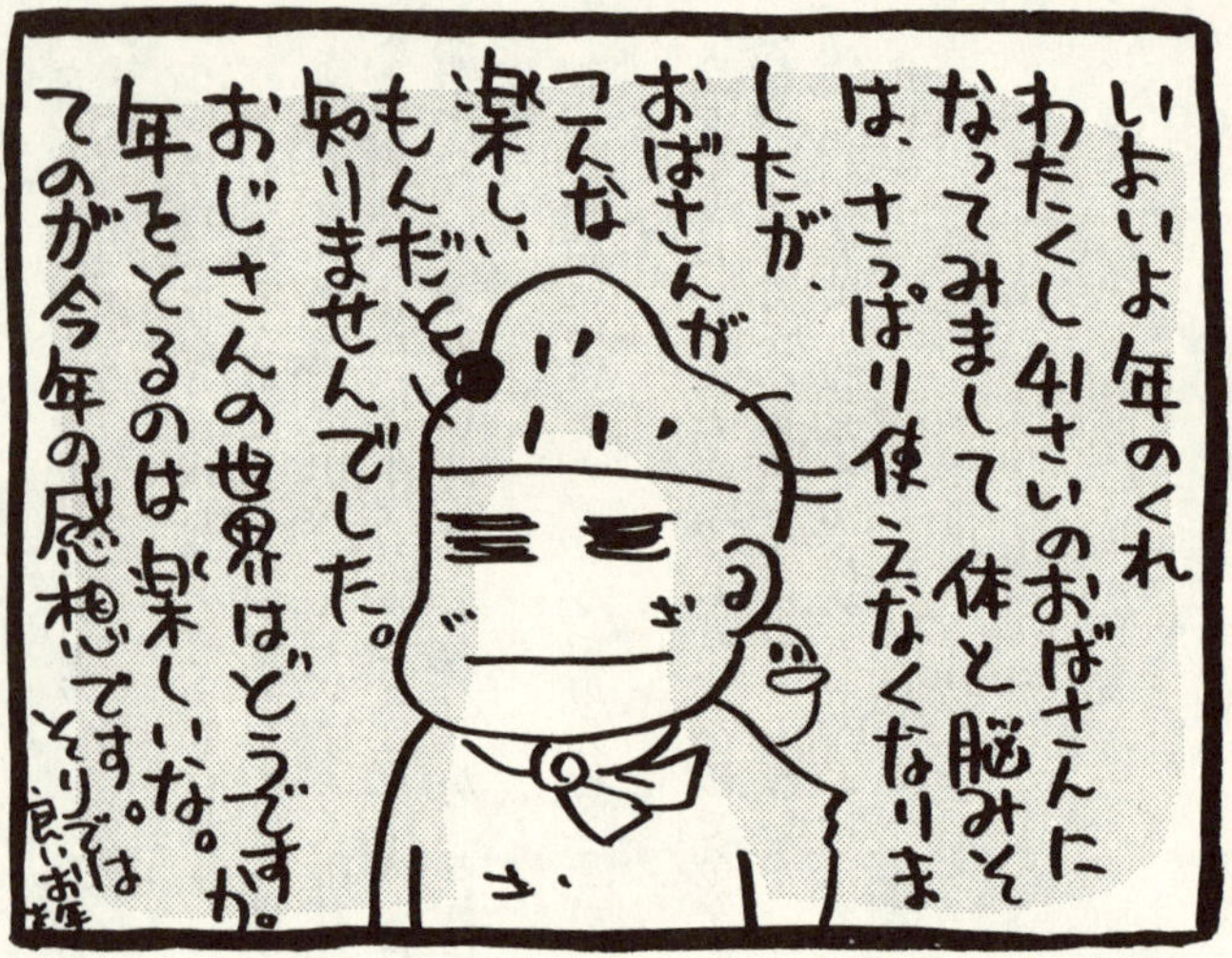
いよいよ年のくれ
わたくし41さいのおばさんに
なってみまして体と脳みそ
は、さっぱり使えなくなりま
したが、
おばさんが
こんな
楽しい
もんだと
知りませんでした。
おじさんの世界はどうですか。
年をとるのは楽しいな。
てのが今年の感想です。
それでは良いお年

正月、廃止にしろ

正月の話を少し書く。

大人の男に正月があるのか。

――ありはしないでしょう。

正月とか、クリスマスというのは、あれは女、子供の行事だろう。

私なんかに正月は何かと訊かれると、京王閣競輪とか、和歌山記念とかになるし、少し前、競馬をやっている時は、金杯でしょう。

暮れには紅白歌合戦があるようだ。ようだと書いたのは、私は一度も紅白歌合戦という番組を観たことがないからだ。

大晦日《おおみそか》にちらっと観たことはあったが、あんなものがこの国の一大行事などと言われたら、そんなにこの国はレベルが低いのか、と思わざるを得ない。

今時、あの番組を観る人間がまともな人間とは思えない。

第一、日付けが一日変わるだけで新年とか、年があらたまってなどと考える方がおかしい。

一秒を刻めば、過ぎたものは過去で、これから来るものが未来だというが、時間に境などあるはずがなかろう。

これは別に時間だけのことではなくて、国境なんてのもそうである。海の上に国境の線でも引いてあるんかいナ。

ヨーロッパの国境とて、よくよく見れば、元々そんなものがあったわけではない。

土地なり、村なり、街を区画として分けるから、それ以前に住んでいた者がおかしいことになる。

チェチェンの問題でも、これまでロシアがどれだけのチェチェンの人を殺戮《さつりく》してきたかがわかっていなければ、ただの暴力的集団に見えてしまう。チェチェンは元々、おおらかで安らかな民であったことは中国の歴史書にも記してある。

真面目な人のカルマに残虐を加えると、その人たちは親子代々、その恨みを返そうとする。

元々、暴力を好む人間などどこにもいやしない。

ＩＴ企業の経営者がマスコミで話題になったが、

——面構えから見て、何かがある連中に見えるのかね。

見えやしないだろう。

面構えは、人を判断できるひとつの要素であることは事実だ。

ＩＴ産業がこの国の中核をなした時、必ずこの国にはファシズムが台頭してくる。

——あんな連中にいいようにされてたまるか。

と低所得者層から、暴力的発想が湧いてくる。

ＩＴ企業の連中は、まともな死に方はできない気がする。

マスコミもまったくもって馬鹿だナ、と思うのは、自分たちの基礎がぐらつきはじめて、初めて彼等をスターにしてはならないと気付いた。

でもだいたいがマスコミ関係に就職しようとする了見がよくない。

ひと昔前なら、正義の報道とか、ジャーナリズムこそが、世の中の正義を見抜く力だなんて言っていたが、今はまるっきりの腰抜けになっている。

だいたいがタレントまがいの男が報道している番組がいいなんて言われていたほど、日本人は無知なのであった。

今のニュースキャスターも変わりはしない。スクープが取れないニュースキャスターなんて、ただの置き物でしかないだろう。

ここまで書いて何か話が逸《そ》れた感じがしてきた。

今週は何の話だったっけ？

――そうそう正月の話だ。


子供の頃、元旦《がんたん》の日、姉と弟たちと道で羽根突きをしていたことがあった。

親に着せられた晴着で羽子板を手にしている姉たちを見て、

――阿呆《あほう》ちゃうか？

と思っていた。

それでも嬉《うれ》しそうに声を上げて羽を突く少女たちの前を、ステテコ穿《は》いて、上半身刺青《いれずみ》した男が一人素足で駆け抜けた。

子供たちは、一瞬、羽根突きを中止した。

──今のは何？

別に刺青がすごかったわけではない。私が育った遊郭近辺では男たちはどこかに刺青をしていた。

子供たちが驚いたのは、この正月の寒い中を、男が上半身裸で素足で走り抜けたからである。

皆がびっくりしていた矢先に、今度は同じように別の上半身裸の刺青男が走り抜けた。

こちらは片手に抜き身の日本刀を持っていた。

「ヒェッ──」

と姉の一人が声を上げた。

すぐに数人の男が二人を追い駆けて走り抜けた。その全員が上半身裸で刺青軍団だった。

姉たちはほとんど泡を吹きそうな状態だった。やがて怖いことが起きていそうだとわかった者が大声で泣き出した。

皆が走り去ったあと、空を見上げると気持ちがいいほどの青空がひろがっていた。

──殺し合うにはいい日だ。

そんなことがあの時言えたら、私はこんな作家にはなっていなかったろう。

この連載も西原画伯のさし絵が人気の半分を担っている。

学校やＰＴＡの連中を相手に苦労したらしい。

学校も教育委員会も所詮《しょせん》は腐れ者だろう。その連中が西原にがたがた言うのがおかしい。

——相手は西原理恵子だぞ。

この連載が四冊目の本になったのだが、スポーツ新聞に出ていた広告のセンスのなさはどうだ。

ちゃんとやれよ、双葉社。

そうそう正月だが、こういう行事はもう廃止にしたらどうなのかね。

それに祝日も多過ぎる。祝日が多いと通ってる飯屋が休日になる。

——飯が喰《く》えんだろうが。

祝日を半分に減らせ。

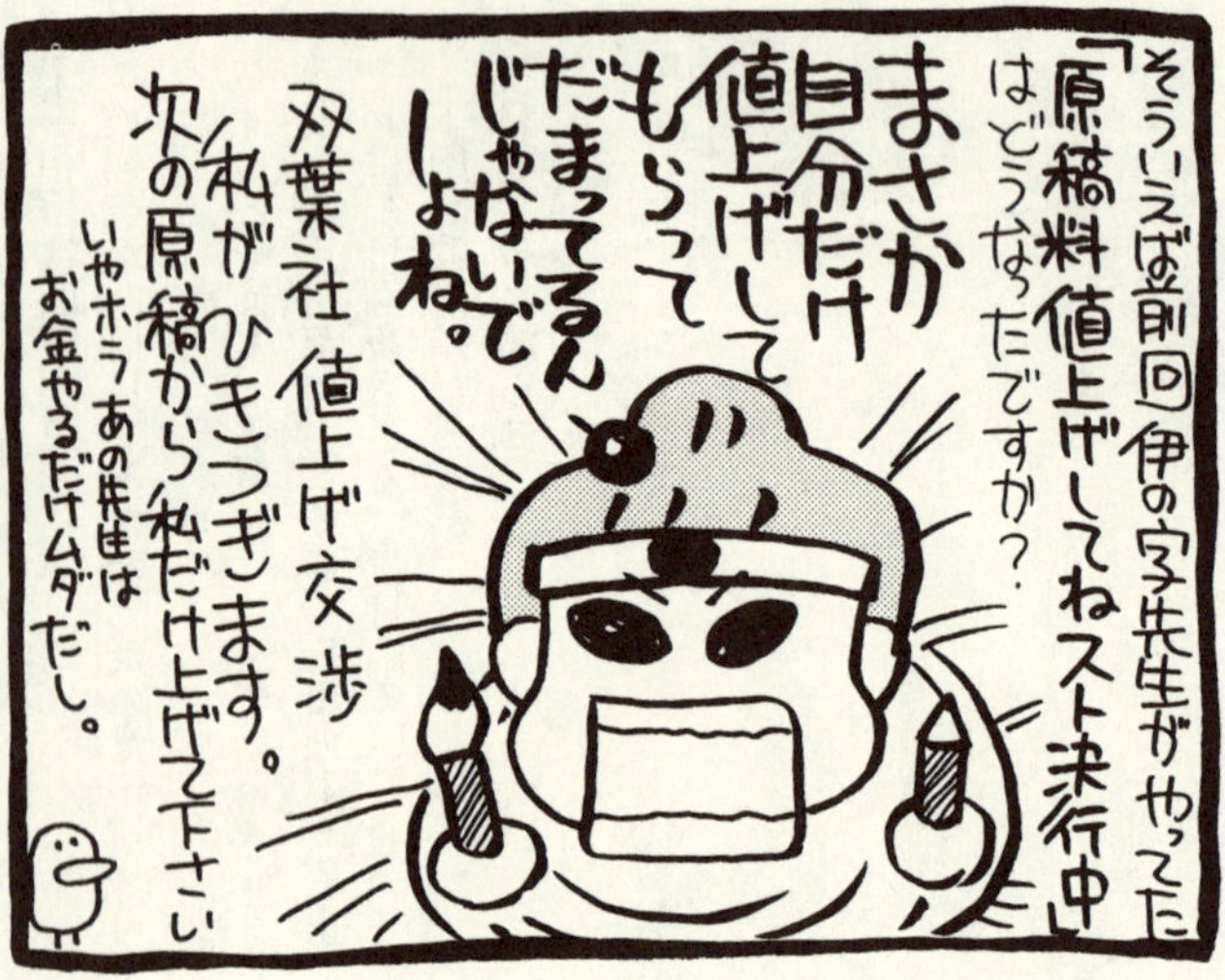
そういえば前回伊の字先生がやってた
「原稿料値上げしてねスト決行中」
はどうなったですか？
まさか自分だけ値上げしてもらってだまってるんじゃないでしょね。
双葉社 値上げ交渉
私がひきつぎます。
次の原稿から私だけ上げて下さい
いやホラ あの先生はお金やるだけムダだし。

ファンも勝負処で踏む

去年の暮れの平塚ケイリングランプリのレースはいったい何だったのだろうか。

勝負処で神山はどうして小嶋をあそこまで牽制《けんせい》したのだろうか？

立川のバンクと間違えた？　そんな馬鹿なことはあるまい。あれでは競輪にならない。

神山はデビューして何年になるのか？　ファンが買う車券をどういうものと考えているのだろうか。

『小嶋君を振って戻ったら加藤君が入っていたので……』

それは当たり前だろう。あれだけ振れば神山のために一車分を開けて待つ後閑の内外に他の選手が攻め込むのは当然だし、神山が小嶋を振った瞬間から他選手が切り込むのが今の競輪である。加藤がインを切り込んだのも小嶋が牽制された瞬間だったのだから勝負にならない。

――そう、勝負にならないレースをしてはマズイのと違うか。

私が言う勝負とは単に選手だけがやる勝負ではない。レースと同時進行でファンも勝負し、レースの勝負処を共有しているのである。

つまり勝負処に自分の買った車券が嵌《ハマ》った時、ファンは自転車に乗り、ペダルを踏んでいるのである。

その勝負処で踏んだ結果、買った車券が、信じた選手が敗れてもファンは納得できる。

神山ほどの選手なら、それを充分に承知しているはずだ。

「神山さんがあそこまで牽制するとは……」

小嶋がコメントしていた。これまで私は小嶋の暴走を何度も見てきた。

「あの走り方をされては競輪にならない」

と何人かの選手が小嶋の走りについてレース後コメントしたのを覚えている。小嶋が大人になり、競輪がわかってきた証しなのだろう。あそこで二人が踏み合っていたら結果はどうなったかはわからない。わからないが、あの二人が絡む車券は全体の50%を超えていたはずである。牽制することは競輪の面白さであるし、技量を試されるものだ。

競馬と比較するつもりはないが、勝負処は前へ走らせるのが競馬の常識で、ファンはそれを競馬の最大の魅力だとわかっている。

こう書いているのは、私が二人の車券を買っていたから愚痴を書いていると誤解されては困る。

私はスポーツ紙で予想した武田のやや心情車券を買っていた。

実際、武田はよく走った。

勝った加藤も状況判断と踏み方もさすがだった。後閑も神山にこだわった分踏むタイミングが遅れた。後閑の走行フォームは一瞬のダッシュがつく型ではないので、踏み遅れた分が着差に出た。

伏見は四番手の取り合いで中途半端になり、執念に欠けた。それが佐藤慎太郎の落車にも繋《つな》がった。

小嶋の敗因については、競輪は捲《まく》りで勝つ確率は30%以下という言葉がそのまま出たのだろう。

捲りは王者にはなり切れない。これは競輪がはじまって以来変わらないことだ。

ただ去年一年は小嶋流の捲りが圧倒的強さを見せたのも事実だ。

加藤はともかく勝ち運があった。

あとは12レースの直前までに電話投票のセンターへ接続しようとしても話し中が続いたことだ。まったく競輪界のやっていることは素人の仕事としか思えない。あれでいったいいくらの売上げを失ったのだろう。十億、二十億ではあるまい。

テレビ中継を民放でやったが、伊《い》藤《とう》克信以外は競輪を茶化していたとしか思えなかった。

中野浩一はどうしたんだ？（BSにゲストで出ていたらしい）

BSで中継して何か意味があるのか。それにしても民放の放映もデタラメである。なぜあんな中途半端な時間の取り方をしたのだろう。レースの再生ビデオをしっかり映さなくては何にもならない。競輪がグランプリだけで終わるわけではないのだから。競馬中継に比べて競輪中継はなめられているとしか思えない。広告代理店がいい加減過ぎる。高い金を出していいようにされているだけである。それもファンの金だろう。

正月の休みで故郷の山口・防府に帰省した。

昨年は防府記念で富弥昭が優勝し彼の優勝コメントが良かった。

私は基本として山口の選手の車券は買わない。それは山口の選手が練習しないからだ。

マーク屋の松本澄雄以降、山口の選手で死ぬほど練習した選手は怪我をして静岡に移籍した関谷敏彦くらいで、あとは宮本忠典がいっとき良く励んでいた。噂にしても死にもの狂いで練習している選手がいるのを耳にしたことがない。パチンコ屋に半日、座って、イメージ練習などとうそぶいていたりしていた。先輩が練習しないのだから若手がするわけはない。

中部勢、福島勢からどんどんいい若手が出るのは練習のレベルの違いが一番である。

ところが今回帰省して山口の選手もよく練習していると聞いた。

――本当かしら？

その結果が富弥選手の優勝なら頼もしい話ではある。

久々に防府天満宮《てんまんぐう》に参拝に出かけたが商店街もさびれて淋《さび》しい限りだった。親子連れ、それも子供が生まれたばかりの夫婦が多かった。

――この赤ん坊から競輪選手が誕生するんだろうか……。

なんて思って、別に皆が競輪選手にならなくてもいいわけか、と思い直した。

今年は何やら忙しそうである。

この原稿が本誌に掲載される頃、私はラスベガスにいる。

年の瀬は資金集めにひと苦労した。しかしラスベガスに行っても、私は打つ種目がない。

それでも私のギャンブルを見物したいという人たちと出かける。

どうなることやら。目の前のテレビで駅伝の中継をやっている。何度観ても長距離レースの中継は息苦しくなる。私なら並走する白バイの後部席に飛び乗って、一服してやるんだが……。

「こないだ海にもぐったら亀が
海底の岩につかまってうたた寝
していた。
横を
通りすがりの
渡りガニが
しゃーーっと
走り
龍宮城ですな。
陸に上がって聞くと
赤亀はゆでて食べるけど
まずい。とミもフタもない
漁師のおっちゃん

ラスベガスの夜①

ひさしぶりにラスベガスに来た。

三年前よりまた街が大きくなっている。

――こんなふうな変化って、いつか街がパンクしてしまうんじゃないか？

そんな膨張の仕方である。

世界の中でこんなふうに街が大きくなっているのは、ラスベガスと上海くらいじゃないだろうか。

上海の方は中国の発展の象徴であるが、ラスベガスの方は単純にカジノとショー、ショッピングなどの娯楽の都市としての膨張だから、人間の欲の固まりがかたちになっていると言える。

今回の旅は普段と違って大勢での旅である。団体とまでは言わないが、特徴としては女性が多い。

――それはうらやましいですね。

そう言われるかもしれないが、その同行の女性の平均年齢が六十歳を超えている。

――えっ？

そうでしょう。

私もこういう旅は初めての経験で戸惑っているというか、怖がっているというか、どうしてこんな旅に参加したのか成田から飛行機に乗っても、まだよく理解できないでいた。

ともかく飛行機はロスアンゼルスに到着し、そこからラスベガス行きに乗り継いだ。

ホテルにチェックインして、すぐにカジノの様子を見に行った。

相変わらずだだっ広いギャンブル場である。

一番盛り上がっていたのはポーカーの部屋でバカラの周りはまだ夕刻なので静かだった。

ハイローラーの部屋に行き、ルーレットのヨーロッパタイプがあるかどうかを確認した。

二台ほどある。誰も遊んでいない。

――またこのパターンか。

ラスベガスのカジノではヨーロッパタイプ（0がひとつしかなくてルーレットの盤の数字の並びがアメリカタイプと違う）はあまり人気がなく、遊ぶ人が少ない。

たまにヨーロッパから来た客が遊ぶ程度である。

今回は若衆が一人同行していて、この若衆が大のギャンブル好きなのである。

「伊集院さん、俺、今回、とても楽しみにしてるんです。一緒にカジノに行けるなんて最高っすよ」

「……そう」

「俺がへこんだらタマの方よろしくお願いしますね」

私はこの若衆を十七歳の時から知っていて、その頃はともかくヤンチャで暴走族から社会に入ってきたばかりのようだった。

それから二十五年過ぎたのだが、私には当時の彼の印象だけが残っていて四十歳を超えているのに、なぜか放っておくと暴走してしまうんじゃないかと心配してしまう。

「君のギャンブルの種目は何だね」

「バカラですね」

――やっぱりナ……。

今のカジノの主流はバカラである。バカラをカジノのメインにしたのは海外に住む中国の人たちだ。

日本人のギャンブル好きで金のある連中もたいがいバカラを打つ。

理由は簡単、一番確率がいいからである。丁半博奕《ばくち》と同じだからだ。

ところがバカラほど危険と隣り合わせているギャンブルは他にない。

勝つ時は一気に勝てるが、負ける時も一気にやられる。ところがギャンブルはプロでない限り、勝つ時の押し加減が難しい。

押すタイミングと押し出し張りの量を誤ると、中途半端になる。勝ちパターンにおいて半端になると、まず勝ち切れない。それなのに負けパターンに入った時は誰も同じ領域に入ってしまう。さらに悪いのはバカラほど引き時が見えないギャンブルも珍しい。

ポーカーは目の前にデータ、または運のかたちが相手の手として見えるので引き時がわかる。

このバカラを中国の人たちは金がある時はえんえんと打つ。たいした体力と精神力を持っている。

それでも負ける確率が九割を超えている。残りの一割に入るのは至難の業である。

それに比べてルーレットは目がない時はあきらかにわかる。

ラスベガスの滞在は四日間だ。

その日の夜、ルーレットに行くとなんと二人の客が勢い良く打っているではないか。

見るとロシア人のようだ。

しかも若い。

――これは面白くなるかも……。


一日目の夜は婦人たちとショーを見に出かけた。

――ショーなんて見るのは何年振りだろうか。

そう思って席に着いたのだが、幕が上がって下りるまで私はずっと眠っていたらしい。

「お疲れなんですね」

同行の女性に言われた。

「そうでもないんですがね。ただ日本でも芝居やコンサートを観に行くとすぐに眠ってしまうんですよ」

「そうなんですか。面白いショーでしたのに……」

「す、すみません」

ホテルに戻って、少しルーレットを打つ。ロシア人二人はどんどん攻めている。

――いい感じだな。

二日目の夜、若衆と二人でルーレットに行く。

若衆はアメリカタイプのルーレットもやるらしいが、今回、初日にヨーロッパタイプを研究したという。

——いいね。勉強熱心で……。

二日目なので、少し押し出してみたが上手《うま》くいかなかった。

気が付けば、時刻は朝の四時である。

「そろそろ引き揚げるかね」

私が若衆に言うと、彼はこくりとうなずいて、

「俺、少しブラックジャックで遊んでから帰ります」

と言う。

——オイオイ、私も行くよ。

これがイケナカッタ。

抑え気味にしていたものがブラックジャックでドンと出てしまった。

それに普段は打っている間は飲まない酒を飲み過ぎてしまい、頭が痛くなる始末だった。

となりでDr高須が大衆の袋とじをくまなくひっぺがし人妻や乳を語る。
これは水着か？
この人妻は素人なのか
こんなの毛出てるし
そもそも人妻に素人とかプロとか
そんな事より「感じる人妻」の主人公のおくさんの髪型くらいそろそろかえてよ

ラスベガスの夜②

先週に続いて、ラスベガスでのギャンブルについて書く。

三日目はショーの見物も断わって少し体調を整え、カジノにむかうことにした。

この間、二日目から昼間は昼間でゴルフをしていた。

三日目、ロシア人とも顔馴染《かおなじ》みになり、彼等が高価なシャンペンをご馳走《ちそう》してくれる。

「伊集院さんのことを好きみたいですね、こいつら」

ロシア人たちは一回の張りに一万ドルから一万五千ドルを賭《か》ける。

嵌《はま》れば三万から五万が手元に入る。私の張りはせいぜい彼等の四分の一、膨めば半分程度。若衆が私の半分。それでも四人での連携は悪くない。

三日目は二日目の負け分を半分取り返して終了。

少しロシア人と飲む。二人は彼女を連れて来ていて、うらやましい。

彼等と飲んでる間、若衆はバカラのテーブルに座っている。

バーから若衆を見ていて、自分の若い時分を思い出す。

――いい感じだナ。

悪くない酔い心地で部屋に戻り、ベッドに倒れ込んだ。

翌朝は早く目覚めて、原稿書きを半日する（これがなければ最高なんだが……）。

私はギャンブル場にいると腹がほとんど空《す》くことがない。

どんどん痩《や》せていく。

女の人もカジノに来て遊べば、ダイエットなど簡単なんじゃないかと思う。

最終日なので、どうしても見て欲しいショーがあると言われ、ベラージオまで行き、評判のショー『O《オー》』を観る。

これは素晴らしいショーだった。

舞台に水が引かれ、そこに家や馬（本物じゃありませんが）が沈んで行く。

最後は高さ25メートルの天井から次から次に人が飛び込んで行く。

この舞台をどう説明したらいいのか言葉が上手く出ないが、ショービジネスの真髄がこの『O』の舞台にはある気がした。

しかも年々、改良されてレベルアップしているらしい。

七十億の製作費をかけて完成させ、二年で元を取ったという。ショーにそれほどの金と人生を賭ける男たちがいることが素晴らしい。

どうやらラスベガスで人生を賭ける種目はカジノだけではないようだ。

興奮したままホテルに戻り、最後の夜だというので、同行の婦人たちにギャンブルの手ほどきをする。

皆楽しそうである。

それを終えて、部屋に戻り、いよいよ最後のギャンブルにむかう。

夜の一時過ぎにハイローラーの部屋に行くと、ロシア人たちがいた。

「ようどうだい、調子は？」

二人の手元を見ると、チップを二十万ドル近く持っている。
――ほう、今夜はいいらしい。
若衆の姿はない。
取りあえず三万をチップにかえて二人の張りの様子を見る。
ディーラーは私に賭けないのか、という目で誘うが、私は首を横に振って見《ケン》をする。
「賭けないのか」
ロシア人の一人が笑っていう。
「今はおまえの目だから、どんどんやれよ」
そのロシア人は嬉《うれ》しそうにうなずき、またシャンペンを注文してくれる。
――飲んでる場合じゃないだろう。
ロシア人の目が少し落ちはじめる。私は頃合いを見て、チップを押し出した。
いきなり26が出て、手元にチップが入ってくる。
ロシア人がそれを見て笑う。
彼等は張りの量を少し減らす。
私は押し出していく。
少しずつ手元のチップが増えていく。
――どこかで勝負に出たいが……。
そう思っていた時、ディーラーの交替時間となる。

顔見知りのディーラーである。

「少し飲まないか」

ロシア人がバーに誘う。

「いや、今夜はやめとこう」

二人はチップを置いたままバーに行く。

私一人が残って打ち続ける。替わったディーラーとの戦いはとんとんの状態が続く。

少し疲れたが、今バーに行ったのではゆるみが出てしまう。

「どうっすか?」

若衆がやってきた。

「うん、これからだね」

目の前のディーラーがまた交替した。あらわれたのは老ディーラーである。四日間見たこともない歳を取った男だった。話す言葉も少しおぼつかない。しかも一回目のシュートで球が外に飛び出してしまった。

「大丈夫か?」

背後に立つマネージャーが訊《き》く。

——まさか酔ってるんじゃないだろうナ。

この老ディーラーをどう見るかがわからなかった。

そんなことはかまわず隣りで若衆が張りはじめる。最後の夜だから張りも昨日より大きい。

　いきなり若衆の好きな数字が出る。

「ヨオッシャ」

　若衆が声を上げる。

　その声にも老ディーラーは何の反応もしない。

　――老いぼれてるのか。

　そこがよくわからないが、老いぼれているのだ、と決めて、私も押し出した。

　三度目の張りで32が出る。

　四度目で３が出る。

　いずれも０の近辺である。

　五度目が30だ。これは０とは対極にある。

　六度目が８。これも30の隣り。私の好きな数字だ、
　七度目が17に飛んだ。

　八度目――。このあたりだろう、と０近辺を一気に押した。３がまた出た。もう一度０を押す。

　スピンをして、０に嵌る。

「やりましたね」

　若衆が興奮して言う。

一万のチップが数枚ほど入ってくる。
そこからはレートを上げて押し出した。
朝の六時に終了。
そのまま部屋に帰り、空港にむかった。どうやら春から縁起が良さそうである。

足温機を買う。
さすが中国製
電源はコンセントを入れると入ります。
使わない時は抜いて下さい。
仕事のたびに机の下を
出たり入ったり。
くやしい。

競輪祭で打ち初め

やや昔の話だが、ギャンブル好きのオヤジがいた。女房が少しでも目を離すと、息子の学校の給食費までギャンブルに使ってしまうような、賭《か》け事に信心深いオヤジであった。

一家の大黒柱がギャンブルに狂っているのだから家は当然貧乏だし、不衛生な暮らしをしている。

そのオヤジの息子が、或《あ》る時、学校から帰って、

「お父ちゃん、俺、トラコーマやて。病院行くからお金おくれ」

と言った。

オヤジは息子に言った。

「トラコーマって何や？」

「目の病気やないか」

「おまえ目が悪いんか」

「そうや」

するとオヤジが息子に、むこうに行け、自分に近づくなと言った。

それを聞いて女房が怒りだした。

「あんた、自分の子供が病気の時くらいやさしゅうしたってや」

オヤジは眉間《みけん》にシワを寄せて言った。

「あいつを俺に近づけるな」

「なんでなん？」

「俺の博奕《ばくち》の目が悪うなったらかなわんがな」

立派な見識を持った男である。

ラスベガスからハワイに行き、数日過ごして帰国した。

帰国の翌日、関西に仕事で出かけたが、時差がひどく昼間もふらふらしていた。

三日間、撮影の仕事をし、夜はひさしぶりに塚口《つかぐち》のふぐ料理屋『おお矢』と京都・祇園《ぎおん》の『おいと』に出かけた。

『おお矢』の主人から、昨年、彼が趣味ではじめた盃《さかずき》を頂戴《ちょうだい》した。勿論《もちろん》、素人であるが、これがなかなか風情がある。正月の玄関に置いた。

山口・防府の競輪選手、永田敏夫の茶碗《ちゃわん》や皿と並び、この二人が我家御用達《ごようたし》の陶芸家である。

ようやく仙台に戻ったのは、昨年家を出てから一ヵ月後である。

雪が積もっていて非常識に寒い。

やることもないので、犬と競輪放送を観る。

玉野《たまの》A級戦で防府の船本真澄選手が出走していた。彼の競走を見るのは何年振りだろうか。相変わらず身体を絞っていないところが意志が強くていい。二日目が六着、三日目が五着。車券に絡まないところが、イイネエ。買わなくて済むのだから。

久留米では懐かしい選手たちが出走していた。なんでも〝中野浩一と戦った男達〟がテーマの競走らしい。こういう企画は面白い。

ともかく今週は競輪祭があるので、予行演習のつもりで月、火、水とちいさく張った。

結果、西武園S級戦の決勝でトントンになった。

いよいよ明日は競輪祭初日だ。


年末、年始で何冊か本を読んだ。『黒田清　記者魂は死なず』（有須和也著／河出書房新社刊）。

おそらく初の伝記ではないか。

キョッサンの半生がまことによくわかるし、人の気骨とは何たるかを考えさせられた。著者の黒田清への敬愛が伝わってきて、清々《すがすが》しい気持ちになった。

もう一冊は文庫だが『酒場の藝人《げいにん》たち』（矢野誠一著／文春文庫）。

これも面白かった。特に芸人が酒場で洩《も》らす言葉の重みがさりげなく綴《つづ》られてある。同じ矢野さんの『笑わせる側の人生』（青蛙房《せいあぼう》刊）も味わいのある本だった。トニー谷の話なんかとても良かった。矢野さんとは、昔、競馬場や競輪場でよく会っていたけど、私ははじめこの人を芸人だと信じていた。どうしてそう思ったのか今でもわからない。

競輪祭初日、1レースからさすがに選手たちは懸命に走っている。

五年前に晩秋の競輪祭が年明けに日程変更になってから、競輪祭が持つ意味が違ってきた。ここ数年は競輪祭で好成績を残した選手が一年を通じて活躍する。グランプリなどもそうで競輪祭の一、二着選手がグランプリでも一、二着に絡むケースが多い。

初日3レースで齋藤登志信が何もせずに敗退した。何をやってんだ？　これほどの選手が。4レースは井上昌己《まさき》に人気がかぶっていた。暮れから絶好調らしい。ところが下手なレースをして敗れる。沖縄合宿と前景気は良かったが、連勝することでパターンが決まって、それが落し穴になった。すかさず紫原が捲《まく》って好配当。6レースは小倉バンクが得意な松岡彰洋が強い。バンクとの相性は本当にある。7レースは佐々木龍也が春の狂い咲きのように強い。特選は加藤慎、小嶋が安定感がある。

初日は少しマイナスで終了。

二日目は2レースで迷う。昨日、不甲斐《ふがい》ないレースをした齋藤登が成田和を使える。あとは三宅達と三宅伸の岡山勢が捲ってくればこの三人で決まる。それでも頭は齋藤だろう。齋藤から3連単を両三宅で二点で済む。阿佐田方式でここにいきなり入れてみるのも手か。迷った挙句、見《ケン》。結果は齋藤―三宅達―三宅伸で③⑦①は4320円。

「……」

と唸《うな》るが、まだ二日目。

伏見、武田の調子は今ひとつ。相変わらず吉岡の人気はスゴい。12レースのDMD、海老根が駆けそうだったので後位の兵藤を買ったがまるっきりレースをせず。この全員勝ち上がりのレースは廃止にしなくてはしようがない。

三日目。一日、見にするかどうか前半レースの様子を見る。6レースで⑥番車の森田の二、三着を狙って偶数のボックスで遊ぶと④②⑥で8万3610円。おや、まあ。

最終日、1レースの木村貴宏を狙う。連日脚は良かった。最後くらいは番手に切り込めて二着付けを買うと、あれまあ、入った。

2レースの成田の捲りを一気にいこうと思ったら宅配便が来て、サインしているうちに締切り。バカヤロー。それからは一進一退。5レースの金子貴と濱口《はまぐち》に少し入れた。ズブズブになりトリガミ。6レースの村上はひどい。7レースの山崎でプラス。8レースの三宅、9レースの三宅でマイナス。10レースの神山はもう処置なし。どうしたんだ。

決勝戦は海老根と佐藤慎の二、三着でいくが、小倉にやられる。

少しプラスで終わり、まあまあか。

何百人とゆう人前でしりあがり寿
画力対決をしてしまった。
私は
お笑い
まんが道場の
川島なおみ並に
痛かったような
気がする。
ま、お客さんに
笑ってもらえた
ので良しとし
よう。
でも二人共 本気《マブ》で
戦っていました。
良い人ぶって
腹黒いぜ
下手でか
上手でだ
かは不明

いいんじゃない

すでに終わったことだが、先月の競輪祭のことを少し書いておく。

まずはテレビ中継を観ていたが、本場にほとんど人が入っていない。

これは小倉競輪場まで人がわざわざ出むかないということだ。

競輪そのものは面白いのだから、人が集まる場所で定期的な特別競輪は開催すべきなのだ。

もう小倉で競輪祭をやる理由はいっさいない。東京ないし、大阪にドーム競輪場を造ってやるべきだ。これではいくら新しいファン開拓と叫んでも客が来ない所でやっているのだからどうしようもない。

客の不入りで、ほとんどの投票が場外と電話投票であることがわかる。いずれ場外も少なくなるだろう。

その電話投票が、グランプリもそうだが、今回も締切り十分前に電話が通じなくなった。

「いったい何をやってんだ」

締切り十分前といえば、一分単位で一億から×千万円の投票が入る時刻ではないか。

東証と同じではないか。馬鹿も休み休みにやってくれ。

自転車振興会の会長を女性にしてそれで何か事態が変わるのかね。私は男女の差別はしない。これから彼女が何をどうするのかを見守るだけだが、肝心の仕事を下の人間がやらないで何の改革か。

——売上げが落ちただと？

当たり前だろう。ファンが買いたい時に電話がパンクするシステムを作っておいて謝りもしない。

それに何十億の賭《か》け金の目安になる実況中継をヘラヘラ笑って解説者とアシスタントがやっていていいのか。解説者の人選ももっとちゃんとやらなくてはいけないんじゃないか。でなければ、これまでのように日替りの交替制にすべきだ。そうしたにせよ、億の単位の金が賭けられる放送はもっと真剣な態度でやるべきだろう。

最終日のレースで本命を背負った選手が不甲斐ないレースをし過ぎる。村上にしても、小嶋にしても、ましてや神山は何があったんだ。走れない状態なら欠場すべきだろう。渡邉一成は神山が上昇するのを待っていたのだから、やるだけのことはやるべきである。

私はこの欄で神山をよく叩《たた》くが、神山は競輪選手として人一倍すぐれているから言うのである。

世代交替の時なのか？　そうではあるまい。競輪祭の最終日は最悪だった。

井筒監督の映画『パッチギ！』が、去年の暮れからいろんな映画賞を受賞している。選考する側も目のしっかりした者がいるということか。

井筒監督は次はどんなものを見せてくれるのか楽しみである。しかしたくさん賞を貰《もら》っても、相変わらず監督は貧乏暮らしなのだろう。製作者が好きなことを自由にできるくらいの金を与えなくてはいかんのだが。

それは小説も同じか。

だがこれは日本だけのことではない。昔から詩人、作曲家、画家の類《たぐ》いは王様に気にいられない限り不遇な人生を歩むものらしい。

近代になって映画が誕生し、人々がこぞって映画を楽しむわりには映画監督の生活は苦しい（苦しいどころではないか）。せめて尊敬くらいして応援すればいいのだが、日本人は海外での賞を貰ったりしないと尊敬の対象にされない。本当に馬鹿だよね、日本人の価値基準は……。

堀江という若者が逮捕されて、勢いがあった連中が口をつぐんでいる。俄《にわか》に株をやりはじめた個人投資家があわてて株を売り、損をしたというが、いいんじゃないか、余裕があった金がなくなるのだから身がスッキリして。借金が残った？　いいんじゃないか。返せなきゃ自己破産してしまえばいいんだから。

借金というものは、そんなに深刻に考えるものではない。相手も貸せる金があったから持ってきたわけだし、ましてや少しでも利息を払っていれば、誠意もあったということで元金はチャラでいいでしょう。そうはいかないって？　家を売れと言ってきてる？　家があるのか。そりゃすぐに名義を変えなきゃ。皆そうしてるんじゃないかナ。罪人になります？　いいんじゃないか罪人も。一度経験しといても。要するに腹をくくればいいことなんです。

腹をくって先行しないから武田豊樹は走りがちいさくなる。これと同じです。素質なんてのはどんな人もかたちこそ違え、持って生まれているの。それを日々の姿勢で鍛えて、鍛えたものをどう生かすかは腹の在り方なの。

トリノで冬季オリンピックをやるそうだが、雪や氷の上でよくあんなことをやるものである。

寒くはないのかね。フィギュアスケートなんか転倒したあと、いたいけな女の子が、すぐに立ち上がって笑って演技をする。あれって昔の越後《えちご》獅子《じし》の童女と同じに見えるんだが。

里谷って女の子が夜の街で派手に遊んだことが問題になっていたが、そりゃ丈夫な身体で元気なら、酔っていい気分になれば男の子くらいさわりたいだろう。それくらい元気な方がいいじゃないか。

アマチュア、アマチュアというが、世の中で素人が一番怖いのと違いますか。大胆な人妻に比べたら、武田豊樹なんてまだ純情ですよ。プロより素人の方がいざとなるとびっくりするようなことを平気でやるのだから。

それにしてもオリンピックでどうしてあんなに騒ぐのかわからない。賭《か》けをやってるわけでもないのに金だ、銀だと騒ぎすぎる。日本はトリノで金メダルを取れるかって？ 私が予想屋なら日本選手はせいぜい三着狙いだね。万が一で一着狙いの買い方もあるが、まず無理だろう。

どこの国が勝ってもいいではないか。遊びなんだから。

紅白歌合戦とオリンピックをテレビで観ようという人の気持ちがまったくわからない。
いろんな人がいていいじゃない。

私事ですが またもや、文化庁
メディア芸術賞まんが部門に
ノミネートされ
ました。
その本は
高須克弥著
「ブスの壁」
私の本じゃ
ないしー
マンガじゃ
ないしー
Dr.高須
ぶんむくれ

「えっ？　何でだよ」

オリンピックなんか見ててもしょうがないから、競輪しようと電話投票の口座に金を振込もうと、大阪の雷蔵の口座に小金を入れに表に出た。

常宿のホテルから少し歩いた場所に利用している銀行があり、年に一、二度行く。

二日酔いの頭で歩き出し、雷蔵の口座の振込みカードを持っていないのに気付き、引き返した。

しかし部屋の中を探せど探せど見つからない。去年の暮れに部屋の大掃除をした時にどこかに仕舞ってわからなくなった。小一時間探してようやく見つかった。

——良かった。良かった。

と表に出て銀行にむかった。

銀行の前に立つと、シャッターが閉じている。

——まだ午後の二時前だぞ。ひょっとして今日は日曜日か？　違うよな。

シャッターにポスターが貼ってあり、この支店が閉鎖したとある。

——閉鎖？　何のこっちゃ。

そしてポスターにその銀行の機械が置いてある周辺の支店、コンビニエンスストアーが書いてあった。ところがどこが近いのかわからない。地図を見てボーッと立っていたら出勤前のホテルのバーテンダーが通りかかった。

「何してるんですか」

「どこが一番近いかわかるかね」

「えっ？　何でだよ」

「このコンビニですね」

それでコンビニにむかった。

店に入って従業員に訊《き》いた。

「××銀行の機械はどこにあるの」

「はあ？」

「だから銀行の金をあれこれする機械だよ」

「ATMですね」

「いや××銀行だ」

従業員は首をかしげながら機械をゆびさした。

機械の前に二人の中年女がいた。前のオバサンが去り、一人だけになった。

突然、そのオバサンが私を振り返り刺すような目で睨《にら》んだ。

——何で、こんな目付きで私を見るんだ？　あっそうか暗証番号を読まれたくないのか。オイッ、私があんたの暗証番号盗んでどうすんだよ。

私は雑誌売場の方に行った。

オバサンが去ったのを確認して、機械の前に立って、振込みの文字を手で押し振込みカードを入れた。すぐにカードが出てきた。

「あれ？　なぜだ」

その時、振込みカードでは金が出てこないことに気付いた。同時に自分のカードを持ってきていないのにも気付いた。

——そうか金を下ろすには自分のカードがいるのか。

それでまたホテルに引き返した。

「上手《うま》くいきましたか？」

先刻のバーテンダーが訊いた。

「いや自分のカードを忘れてた」

「えっ？」


それでまたコンビニに行った。

カードを入れて金額を押そうとしたら二十万円までしか下ろせない。

「えっ？　なぜだ」

その上一回につき何百円か手数料がかかる。計算すると手数料が千円を超えてしまう。

千円の車券が一千万円になることだってある。

——馬鹿らしい。

そこで神保町まで歩いて、私のカードの銀行まで行くことにした。

銀行に着くとシャッターが下りていた。

「なんだ？　この銀行も閉鎖か」

ガードマンに訊いた。

「えっ？　何でだよ」

「この銀行は閉鎖してるの?」

「いいえ、三時を過ぎたので営業が終わりました」

「えっ、もう三時を過ぎたのか」

「ATMが左の方にあります」

——ATM? 何のこっちゃ。

左手に回ると、機械が並んでいた。四つの機械に人がへばりついている。右手に一列に人が並んでいる。夜間金庫が見える。

——こんな時間に夜間金庫に入金するのに並んでいるのか。

私は四つの機械の中央に立ち、どの機械が空いても大丈夫なように仁王立ちした。左端が空いて、私が使おうとしたら、そばから女性が割込んできてその機械の前に入った。

——オイオイ、私が並んでるぞ。

と言おうとしたら背後から男の声がして、

「並んでるから」

と言われた。

右に並んでいたのは、この四つの機械のためだと気付いた。

「並んでるから」

男がもう一回言った。腹が立った。

「おい、おまえは私より歳下だろう。歳下が歳上に、〝並んでるから〟はないだろう。〝並んですから〟だろう」

　私が言うと並んでる人たちが何を言ってるのこの人って顔をした。

「何だ、その目は」

　と言おうとしたが、こっちのミスなので出て行くことにした。

　すると一人の男が追い駆けてきた。今しがたの男かと思って、

「何の用だ？」

　と言おうとしたら、男は手帳を差し出して言った。

「サインして下さい」

「えっ？」

　仕方なくサインして通りを隔てた違う銀行の機械で金を引き出した。さて振込もうかと思ったら現金振込みはしてないと説明文が出た。

「えっ？　何のことだ」

　仕方なく通りを渡り、先刻の銀行の機械に戻ることにした。

　そこで金を引き下ろそうとしたら係員がいて、現金を引き出さなくても機械の操作だけで振込める、と言われた。やり方を教わって振込みを終えた。

　ポケットの中には振込まなかった金があり、何か得をしたような気分になった。

　しかし口座に金を振込むだけのことで二時間以上かかった。

　不便な世の中になったものである。


「えっ？　何でだよ」

昼間から人混みの中をうろうろしたので疲れてしまい寝ることにした。

みなさん知ってました?・この「大衆」
「熱いぜ!!ヤンチャな男の週刊誌」
とゆうキャッチフレーズがあるんだと。
何が熱いかと
ゆうと駅弁
などではなく
安部ジョージ
先生のコラム
ではなく
伊の字先生など
ではもっとなく
当然人妻。
増刊次号別冊
熱い人妻大衆
てのはどうだ
熱いっスねー

宙ぶらん

パリのホテルでトリノオリンピックのテレビ中継を時々観た。

同じオリンピックのテレビ中継でも国によってこうも違うものかと思った。

日本でスノーボードのテレビ中継を観ていて解説者が日本選手の演技に、これはかなりの高得点になる、などとメダルを獲《と》れるような解説をして、結果を見ると予選も通過していなかった。

「この解説者は素人なのか？」

これまでスポーツ中継はいろいろ観てきたが、こんなに解説者のジャッジと審判のジャッジが違っているのは初めてだった。その上アナウンサーのやかましいこと、解説者の言うことを鵜呑《うの》みにして話すものだからジャッジが出てから急に押し黙ってしまう。

――コントやってるんじゃないんだから。きちんとやらんか。

ヨーロッパのスポーツ中継はほとんどが最低限の説明しかしない。

画面で観ているんだからわかって貰《もら》えるというのかもしれない。

それにしても、トリノに行く前にはあんなに大騒ぎをしていたスポーツマスコミと専門家の予想は何だったんだ？

――いい加減にしろよな。

ジャンプの原田という選手はいったい何をしでかしたんだ？　コーチは何のために同行してたんだ？　二百グラムって何のことだ？　この選手、コーチがオリンピックに出るのに税金を使ってるのと違うのか。

――いい加減にしろよな。

去年のスコットランドでの全英オープン、国営放送のテレビ中継の淡々としたこと。逆に選手のプレーをよく見ることができた。

日本のスポーツマスコミは中継のアナウンサーがすべてを象徴している。だいたい今の若い男のアナウンサーはほとんどがスポーツをやっていないのと違うか。

若いアナウンサーはもう退《や》めさせて五十歳過ぎたアナウンサーにやらせるべきじゃないのか。

――若いアナウンサーは少しは恥を知りなさい。

パリのホテルのケーブルテレビのチャンネルが増えて、競馬、繋駕《けいが》、馬術競技……など馬に関することを一日中継しているチャンネルが入った。

これが面白い。これまで繋駕レースのことはあまりよくわからなかったが、奥の深いレースだと知った。競走馬の育成から調教まで取材していた。馬術の障害レースも同じで、立派に演技ができるようになるまでこんなにも苦労があるのかと感心した。

繋駕レースは、競馬に比べて配当が低い。これなら客も安心して大金を注ぎこめるのかもしれない。でも全体の、盆の大きさは日本の競馬に比べたら高が知れてるようだ。

パリから競輪の東西王座戦の西王座戦を電話投票で買ってるのだが、肝心の実況中継が海外からの電話では入らない。

——何とかしろよな。

一日目の優秀戦で加藤慎平が特選レースで二着になり、春日賞に出走するのかと思っていたら、腰痛で欠場だと。ファンを舐《な》めてんじゃないのか。それなら初日から走るべきじゃないだろう。このことを誰か記者が記事にしたのかしら。まったく競輪はメチャクチャである。

事故点が一杯で走れない。そういうルールを作るからおかしい。加藤を買いに奈良まで行ったファンはどうなるの。

明日は決勝戦を買うのだが、レースを見ていないから多くは打てない。

パリに着いてからずっと雨で仕事（撮影）がいっこうに進まない。

スタッフは少し苛立《いらだ》っているが天候だけは仕方ない。

普段読めない本を二日間風呂《ふろ》の中で読んでいたら身体がふやけてしまった。

正岡子規は新聞社で働いていた時、初めて従軍記者として日清戦争を中国大陸まで取材に行く。

周囲は子規の身体が病弱であった（すでに何度か喀血《かっけつ》していた）ので反対したのだが二十九歳の若者は大陸に行くことを大変に楽しみにしていた。

取材を終えての帰りの船で子規は大量の血を吐く。この時の辛《つら》さを子規は書いているのだが、船の中には血を吐き出す器がないので吐いた血をはじから飲み込んだそうだ。

「それが気持ちが悪かった」

と子規は述懐しているが、そりゃそうだろう。

それにしても子規は血を吐いても吐いても、喀血が止まれば、また明るくしている。仕事も旺盛《おうせい》だが、食欲も異様にある。たいしたものだ。

私などは血を吐いたら大騒ぎをするだろうに。

これを機会に血を吐いても静かにしていよう。デキルカナ……。

これでけっこう痛みには耐えられる方なのだが、歯科医院に行って歯石を取られる時の痛みだけは耐えられない。それなのに背中を打ちつけて出血していて、シャツが血だらけになっても気付かなかったりした。

つまり鈍感なのだろう。

しかし痛みに鈍感な男が小説書いていていいんだろうか。

それにしても飛行機の中でも思ったのだが、機内誌なんかに寄稿している人の文章はどうしてあんなに気持ちが悪いのだろうか。書いていて吐くなんてことはないのだろうか。読んでいて吐きそうになるのに当人は平気なんだろうか。

こういう状況だから私がまだ文章を書いたりするのだよナ。

この号が発売される頃には私の新しい本が店頭に出ている。『宙ぶらん』(集英社刊)というわけがわからないタイトルだ。

私は嫌だって何度も言ったのだが担当のS君が、

「私の最後の仕事だからこのタイトルはこれにさせてくれ」

と言ってきかない。

相手の粘り勝ちで、私が折れたんだけど、こういうこと折れていいのだろうか。本当に宙ぶらんだよナ。

別冊「人妻大衆」より
人妻不倫サロン潜入取材の
お仕事をいただきました。
やはり私
漫画家なので西原版
「感じる人妻」を描く。
ってのが正しいスジではないかと。
なんかその気

オヤジさん目が多過ぎるで

スペインのバルセロナにいる。

今夜が滞在の最後の夜で、宿泊したホテルの隣りにカジノがある。

この場所は元々日本のデパートが出店していて、そのデパートを経営していた小悪党が逮捕され、同時に店舗も失《う》せ、三年前にカジノになった。

これは面白いものができたと、その年、打ちに行くのを楽しみにしていたが、スケジュールの関係で足を入れることができなかった。

無理に行けばできなくもなかったが、バルセロナでずっと私の仕事の世話をしてくれているM氏から、

「このカジノはやめておいた方がいいです」

と忠告されたからだ。

M氏は波乱の半生を送った上に株取引きをやる人だから彼の忠告を聞くことにした。

今回訪ねたのは勿論《もちろん》仕事ではあるが、早目に仕舞うことができそうな仕事だったのでチャンスを狙っていた。

今夜は十二時前にホテルに帰ったので、Mさんに声をかけた。

「いや、やめといた方がいいです」

今回もそう言われた。

仕方なしに部屋に戻ったのだが、腹の虫がうずく。

——ギャンブル好きはどうしようもないな……。

と思いながら洋服を着換え、金の準備をはじめた。

そんな時に日本から電話が入った。

「小説の方はいかがでしょうか」

「小説って何ですか」

「ご冗談を。今月の締切りですよ」

「えっ？　それは私の小説ですか」

「はい。そうでなければ海外まで追い駆けませんでしょう」

「はあ……」

それで仕方なく仕事をはじめた。

——何だかつまんないナ……。

そう思いながら、昨日まで電話投票で打っていた東西王座戦の西王座戦の決勝戦を打てなかったことを思い出した。

目を覚ましたら日本時間の午後四時四〇分だった。

——あれっ、決勝戦が終わってる。

とはいえ、結果は知りたい。

そこで今日はさすがに家にいるだろう、と大阪の雷蔵に電話した。

今日はさすがに、と書いたのは、その日、日本では雷蔵のオヤジさんの葬儀をやっているはずだったからだ。

雷蔵のオヤジさんのケンさんが亡くなった。

その報《しら》せを同じ会社の記者から聞いたのがパリからバルセロナに発《た》つ前日の朝だった。

——そうかオヤジさんいってもうたか……。

何か自分の身内を亡くした淋《さび》しさがした。

私の記憶ではオヤジさんはこの三年余り入院していたと思う。その間に身体は何ヵ所も手術されていた。そんな大変な入院の間でもオヤジさんはギャンブルに目を通し、息子が世話になっている（そんなことはないのだが）このぐうたら作家のギャンブルを気にかけて下さった。

すぐに雷蔵に連絡するのはよした。雷蔵は長男だから何かと忙しいはずである。その上、母上は看病の果ての伴侶《はんりょ》の死であるから、哀しみと落胆が重なって、雷蔵と妹のS子さんが踏ん張らなくてはいけない。

私も私なりに供養をしようと、その日の西王座戦の準優戦11レースを葬式にちなんで、黒と白の①—②の折り返しにした。

さすがはオヤジさんで村上義—濱口高のラインは一、二着だった。

これに味をしめたわけではないが、通夜のあった夜半に雷蔵に連絡を入れた。

通夜は終わっていた時刻で、電話に出た雷蔵は元気だった。

「それでオヤジは何歳やったんや」

「七十一歳ですわ」

「そうか、なら①―⑦、⑦―①か。亡くなったのは何時頃だ？」

「昨日の夜中の一時五三分ですわ」

「3連単は①⑤③か……、亡くなった日が二月十九日で②①⑨か……。雷蔵、七十一歳いうことは数えで七十二歳か七十三歳ちがうか？」

「そうですわ。享年でいうと七十三歳らしいですわ」

「③―⑦、⑦―③か……。目は①②③⑤⑦⑨か……。雷蔵、オヤジさん少し目が多過ぎるんと違うか？」

「そうですな。少し絞らせますか」

「そうやな。坊さん来たら絞るように言うてくれるか」

「わかりました」

雷蔵のオヤジさんは、昔カタギの職人さんで、大のギャンブル好きの人だった。

雷蔵が初めて私の担当になった時、

「そりゃおまえ、ええ人の担当になったで、この際しっかりギャンブルを身につけなあかんな」

と言って下さったそうだ。

まだこんな偉い人が世の中にいるのだと感心した。

競輪でも競馬でも私がいい目が出ると喜んで下さったそうだ。

雷蔵が担当になった頃は、私も競輪をよく打っていて、調子が良ければ九桁《けた》くらいの上がりを狙えていた。ひょっとしたら、あの頃が一番楽しかったのかもわからない。

オヤジさんは時々、私が引いた目にも乗ってくれた。

息子が世話になってる人の目をつき合うのは博奕《ばくち》打ちの基本というか見得である。

ここらあたりが雷蔵のオヤジさんは粋だった。

一度は退院されたが、その後は入退院のくり返しだった。点滴を自分で外して帰宅したこともあったらしい。それでもギャンブルは続けていた。

「雷蔵、オヤジさん、もう死ぬことはないんと違うか」

「そうかもしれませんね。今回はもうあかん思うてたんですけどね」

「これであっちからカムバックしたんは何回目や？」

「いや数え切れませんね」

「不死身やな……。243《フジミ》か……」

「なんか言いましたか？」

「いや何でもない」

そのオヤジさんがとうとう亡くなって、オフクロさんはさぞ辛《つら》いだろう。毎日ほとんど病院通いだった人だ。

葬儀の日、雷蔵と妹のS子さんがオヤジさんを送る曲を決めた。

憂歌団の『嫌んなった』と『おそうじオバチャン』だった。

葬儀屋がすっ飛んできて、

「少しボリューム下げられませんか。これ放送禁止でんがな」

さすがである。

羽化の近い蝶のさなぎをむきたくて仕方ない。
けっこう成功して蝶になるんだよ。
べっくりさせちゃうの蝶

久世光彦というダンディズム

ひさしぶりに二日続けて麻雀《マージャン》を打った。

このところコンスタントに打っていないので慣れるまで少し時間がかかる。私の麻雀はまずは場を見ることを優先させるので、いきなり戦闘態勢に入ることができない。

最初の一、二時間はぼんやりした打ち方になる。

ひさしぶりの上にぼんやりだと、それはたいがい相手に先行されてしまう。まあそこからぼちぼち打つのが面白い。

今回は麻雀をしながら、一人の先輩のことを何度となく思い出していた。

――どんな麻雀を打つ人だったのだろうか……。

その人の麻雀を想像した。

――やはり一度打っておくべきだった……。

悔みが出ながらの二日だった。

その先輩とは、作家の久世光彦さんである。

麻雀に出かける前日、久世さんの訃報《ふほう》を聞いた。

人の死の報せはいつだって突然である。

死の報せを聞いた時、私はいつも同じ反応をしてしまう。

「そうか、亡くなったか……」

それ以上は何も言わない。

そうして独特な感情につつまれてしまう。この感情をどう表現したらよいのかわからないが、ことさら悲しまずにおこうと言い聞かせ、それに従うような感じである。

さらに言うと鈍感な状態でいるようにつとめる感覚に近い。

どうしてそうなったかはわからない。おそらくこれまでの人生で人の死に会うことが他の人より少し多かったせいかもしれない。

久世さんの死の報せを聞いた夜、酒場に出て一人飲んだ。

かれこれ二十五年のつき合いだからいろんな思い出もあるが、特別これといったものが思い出せない。

浮かんできたのが、数年前、都内のホテルで見かけた久世さんの姿だった。

私が或《あ》る文学賞を受賞した折で、そのホテルで受賞パーティーがあった。その控え室にふらりと久世さんがあらわれた。

——おや、どうして？

私は立ち上がり、

「どうしたんですか、珍しいですね。パーティーに」

そう言うと、

「あなたに逢《あ》いに来たんだ」

とおっしゃった。

「そうなんですか、それはお忙しいのに有難うございます」

「うん……」

そこでしばし黙されてからポケットに手を入れ、小紙を出された。

「これさ、連絡先なんだけど、少し麻雀でも打たないかと思ってさ」

「いいですよ。それは嬉《うれ》しいです」

「いつでも連絡してくれよ。レートもまかせるから」

そう言って久世さんは出て行った。

数日後、その小紙を見ながら、

――わざわざこのために来て下さったのか……。有難いことだ。

と思った。

久世さんはそういう人だった。

私は久世さんと麻雀が打てずじまいに終わった。

そのことを、その日の麻雀の間、ずっと考えていた。


葬儀は護国寺《ごこくじ》で行なわれた。

弔辞を夫人から依頼された。

これまでも何度か、友人や先輩の葬儀の弔辞を頼まれたことがあったが、すべてお断わりしていた。

私は人前で話すのが苦手である。

講演会もほとんど断わる。仕方なしに受けるものも、いやいや講演する。すべて同じ話をする。

ましてや弔辞は亡くなった方の最後の公の場である。そこでいい加減な話はできない。

私は間違いをよく犯す人である。それは私が一番よく知っている。だから弔辞はこれまで断わってきた。私より久世さんを送るにふさわしい人がいると思った。

しかし夫人からぜひと言われ、引き受けることにした。

麻雀を終え、二日考えてあれこれ書いてみたが、経験のないこともありなかなか書けなかった。

当日の朝、式場にむかう三〇分前に思っていることをそのまま書いた。

弔辞は二人で、最初が作曲家の小林亜星さんだった。その弔辞の第一声で小林さんが言った。

「クゼテルヒコさん」

——えっ？

久世さんの下の名前は、テルヒコなのか。私はずっとミツヒコと思っていた。汗が出てきた。私が最初であったら、どうなっていただろうかと想像し、タメ息が出た。

葬儀が終わり、神田《かんだ》で家人と蕎麦《そば》を食べ、常宿に戻った。

その日、朝起きた時から、久世さんの葬儀だから、クゼミツヒコで⑨③②①⑤《クゼミツヒコ》の見得買いの数字を出していた。

先週、書いた雷蔵のオヤジさんと同じである。

この日が熊本記念の最終日で、決勝戦を打つつもりでいた。だからスポーツ新聞を少し見ていた。

久世さんだから⑨を頭買いにすることにした。

⑨の一着付けで③②①⑤を何点か流した。

結果は⑨番車の山崎芳仁が記念初優勝で二着が小倉竜二、三着が村本大輔で3連単の⑨③②は4260円の配当だった。⑨③②は少し厚目に打っていたので電話投票の資金が少し増えた。

――さすがに久世さんだと思った。

久世さんが生きていれば、金の半分は久世さんに持って行くのだが、夫人に、こういう理由で金が入ったとは言えない。

それで、この原稿を書き終えたらどこかに飲みに行くことにした。

葬儀場で作家の宮部みゆきチャンと逢い、いろいろ話をした。京極さんと久世さんが仲が良かったので彼の代理も兼ねての参列らしい。

「西原さんってイイですよね」

「ああ、みゆきチャン、好きなんだ？」

「ええファンなの」

私はいつも不思議に思うのだが、どうして優秀で、本物の人間が西原のことを好きになるのか。いくら考えてもわからない。

初出
「週刊大衆」二〇〇五年四月十一日号〜二〇〇六年三月二十七日号
本書は二〇〇八年四月に双葉社より刊行された単行本を文庫化したものです。

なんでもありか

静《しずか》と理恵子《りえこ》の血《ち》みどろ絵《え》日誌《につし》

伊集院《いじゅういん》 静《しずか》／西原《さいばら》理恵子《りえこ》

角川文庫 16922

平成二十三年七月二十五日　初版発行

発行者—井上伸一郎
発行所—株式会社角川書店
東京都千代田区富士見二—十三—三
電話・編集（〇三）三二三八—八五五五
〒一〇二—八〇七八
発売元—株式会社角川グループパブリッシング
東京都千代田区富士見二—十三—三
電話・営業（〇三）三二三八—八五二一
〒一〇二—八一七七
http://www.kadokawa.co.jp
印刷所—旭印刷　製本所—BBC
装幀者—杉浦康平

い 39-11　ISBN978-4-04-197330-1　C0195

角川文庫発刊に際して

角川源義

第二次世界大戦の敗北は、軍事力の敗北であった以上に、私たちの若い文化力の敗退であった。私たちの文化が戦争に対して如何に無力であり、単なるあだ花に過ぎなかったかを、私たちは身を以て体験し痛感した。西洋近代文化の摂取にとって、明治以後八十年の歳月は決して短かすぎたとは言えない。にもかかわらず、近代文化の伝統を確立し、自由な批判と柔軟な良識に富む文化層として自らを形成することに私たちは失敗して来た。そしてこれは、各層への文化の普及滲透を任務とする出版人の責任でもあった。

一九四五年以来、私たちは再び振出しに戻り、第一歩から踏み出すことを余儀なくされた。これは大きな不幸ではあるが、反面、これまでの混沌・未熟・歪曲の中にあった我が国の文化に秩序と確たる基礎を齎らすためには絶好の機会でもある。角川書店は、このような祖国の文化的危機にあたり、微力をも顧みず再建の礎石たるべき抱負と決意とをもって出発したが、ここに創立以来の念願を果すべく角川文庫を発刊する。これまで刊行されたあらゆる全集叢書文庫類の長所と短所とを検討し、古今東西の不朽の典籍を、良心的編集のもとに、廉価に、そして書架にふさわしい美本として、多くのひとびとに提供しようとする。しかし私たちは徒らに百科全書的な知識のジレッタントを作ることを目的とせず、あくまで祖国の文化に秩序と再建への道を示し、この文庫を角川書店の栄ある事業として、今後永久に継続発展せしめ、学芸と教養との殿堂として大成せんことを期したい。多くの読書子の愛情ある忠言と支持とによって、この希望と抱負とを完遂せしめられんことを願う。

一九四九年五月三日